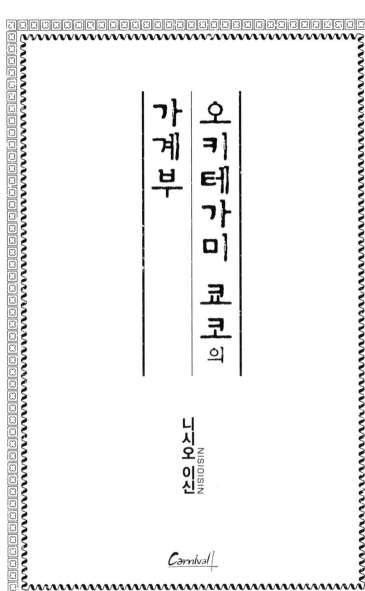

오키테가미 쿄코의 가계부

니시오 이신
NISIOISIN

Carnival

Okitegami Kyouko no Kakeibo

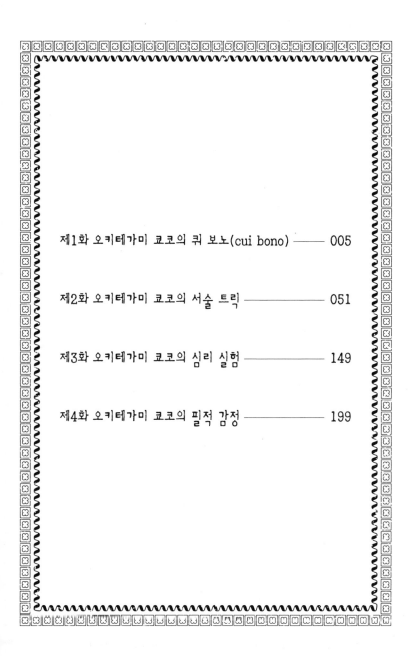

제1화 오키테가미 쿄코의 퀴 보노(cui bono) ——— 005

제2화 오키테가미 쿄코의 서술 트릭 ——————— 051

제3화 오키테가미 쿄코의 심리 실험 ————————— 149

제4화 오키테가미 쿄코의 필적 감정 ————————— 199

제 1 화

오키테가미 쿄코의 퀴 보노(cui bono)

1

사실 소설보다 기이하지만 실제로는 소설에 쓰일 법한 사건이 현실 세계에서 일어나는 일은 없고, 하물며 추리소설에 쓰일 법한 살인 사건이 실제로 일어날 일은 없다, 라는 설교 같은 소리를 들을 때마다 이런 어른만큼은 되지 말자고 마음속으로 다짐했던 미스노御簾野 경부였지만, 이번에는 그 생각을 조금 바꾸기로 했다.

미세한 조정이기는 하나, 그도 어른이 되었다는 증거인지도 모른다.

그것이 어떤 어른인지는 넘어가고.

어쨌든 그는 추리소설에 쓰일 법한 살인 사건이 현실 세계에서 일어났다 해도 그것이 추리소설에 쓰인 것처럼은 진행되지 않는다는 사실을 절절이 깨닫게 되었다.

찬란했던 꿈도 이루고 보면 그저 싱거운 현실이라는 뜻으로, 그것은 염원했던 경부로 승진했을 때와 엇비슷한 감상이었다.

책임이 늘고, 절차가 늘고, 일거리가 늘고.

좋은 일뿐만은 아니다.

…아니, 미스노 경부가 딱히 추리소설에 쓰일 법한 살인 사건이 일어났으면 좋겠다, 그것을 담당하고 싶다, 같은 불경한 생각을 해 왔던 것은 아니고, 어떤 살인 사건이든 거기에 '좋은 일'

이 따르는 경우는 없지만.

그러니까… 있는 것은 번잡한 작업이다.

소설에는 쓰이지 않는 이러저러한 일, 편집되고 커트된 재미없는 잡일이다.

늘 있는 일이라면 늘 있는 일이며 이제 와서 딱히 속앓이할 만한 일도 아니지만, 이번 사건은 특히 그 정도가 심했다.

'그야… 눈보라 치는 산장. 클로즈드 서클이라는 상황인걸. 추리소설의 무대라고 한다면 잘 짜여도, 너무 잘 짜여진 사건이다.'

뭐, 조금 옛날 느낌이 나긴 하지만.

그렇다면 망설일 때가 아니다. 추리소설 같은 무대가 갖추어져 있다면 추리소설 같은 명탐정을 부를 수밖에 없으리라.

망각 탐정이라 불리는 그녀야말로.

추리소설 속에는 그려질 일이 없는 골치 아픈 문제를 떠안고 있는 명탐정이지만….

2

"기다리셨죠, 처음 뵙겠습니다. 오키테가미置手紙 탐정 사무소의 소장 오키테가미 쿄코掟上今日子입니다. 춥네요, 역시."

산 위의 펜션 '스타게이저'를 찾은 쿄코 씨는 미스노 경부에게 그런 식으로 자기소개를 하며 깊숙이 고개를 숙였다. 온통 흰 머리카락이 설산 속에서 묘하게 돋보여서 조금 설녀[*] 같은 느낌을 자아냈다.

뭐, 안경을 쓴 설녀는 없겠지만, 혹시 본인도 그것을 의식했는지 패션은 흰색으로 통일되어 있었다. 폭신폭신한 코트도 머플러도 장갑도 흰색 일색이다. 부츠만 빨간색으로 두드러진다.

'처음 뵙겠습니다…라.'

사실 미스노 경부가 쿄코 씨에게 이런 식으로 수사 협력을 요청하는 것은 벌써 네 번째이지만, 쿄코 씨는 완전히 잊은 상태이다.

딱히 미스노 경부가 인상이 약한 남자라거나, 그녀가 무례한 인간이라서가 아니다. 자신의 인상에 대해서는 확신할 수 없지만, 적어도 쿄코 씨는 미스노 경부가 아는 탐정 중에서는 꽤 예의 바른 축에 속하는 탐정이다.

너무 예의 발라서 사무적일 정도이다.

생글생글 웃는 얼굴도, 그런 의미에서 말하자면 커뮤니케이션에 있어 벽이 느껴지지 않는 것도 아니다. 상대는 초면인 줄 알고 있으니 당연한 일이지만.

망각 탐정 오키테가미 쿄코.

※설녀 : 일본 민간 설화에 나오는 눈의 정령 혹은 요괴.

그녀의 기억은 하루 단위로 리셋된다.

비유하자면 한 번밖에 불러올 수 없는 데이터 메모리 같은 것으로, 어떤 사건을 조사하든 어떤 진상을 도출하든 다음 날이면 그것들을 깨끗이 싹 잊어버린다.

즉, 타임 리밋이 있는 탐정이다.

하지만 그렇기에 탐정에게는 최우선 사항이라고도 할 수 있는 비밀 유지의 절대 엄수가 가능한, 탐정 중의 탐정이기도 하다. 그렇기 때문에 이렇게 경찰 기관 소속인 미스노 경부가 일을 의뢰할 수 있는 것이다.

'추리소설 세계와는 달리 현실에서는 경찰이 사립 탐정에게 수사 협력을 부탁한다는 건 좀처럼 있을 수 없는 일이지. 그 또한 허구를 현실에서 일으킬 때 엄숙하게 밟지 않으면 안 되는 번거로운 절차라는 녀석인가.'

그런 생각을 하면서,

"처음 뵙겠습니다. 미스노라고 합니다."

라고, 미스노 경부도 경찰수첩을 보여 주며 자기소개를 했다.

그까지 '처음 뵙겠습니다'라고 할 필요는 별로 없지만 이건 이것대로 절차라고 할까, 망각 탐정과의 일을 개시할 때 거치는 의식 같은 것이었다.

"네, 잘 부탁합니다. 미력하나마 도움이 되어 드릴 테니 기대하세요. 그런데 이 펜션에서 사건이 일어난 것인가요?"

　재빨리, 쿄코 씨가 그런 식으로 운을 뗐다.

　역시 재빠른 탐정. 아니, 가장 빠른 탐정.

　하루라는 타임 리밋이 있기 때문에 그녀에게는 순서를 건너뛰는 경향이 있어서, 그 부분만 놓고 보면 추리소설보다 이야기가 빨라 편하다고도 할 수 있었다.

　그렇지만 눈 내리는 문 밖에서 할 이야기는 아니다.

　남들의 시선도 있다.

　미스노 경부는 이제 아무렇지도 않지만, 쿄코 씨를 모르는 이 지역 경찰의 눈에는 수사 주임이 수수께끼 같은 백발 여성과 서서 이야기를 나누는 모습이 불가사의하게 비치리라.

　"자세한 이야기는, 안에서 부탁드리겠습니다. 빈방을 마련해 두었으니."

　"어머. 그런가요? 그럼, 그렇게 하죠."

　말한 뒤, 쿄코 씨는 문득 뒤를 돌아보았다. 그리고 잠깐 발을 멈췄다.

　"……? 왜 그러십니까?"

　"아니, 돌아가는 버스 시간이 궁금해서요. 언제까지 다닐까 싶어서. 제 경우에는 자고 갈 수가 없으니까요."

　추리소설 속 탐정과는 달리.

　쿄코 씨는 농담조로 그렇게 말했지만, 그것이야말로 지금 미스노 경부가 골머리를 앓는 문제였다.

3

"어젯밤 이 펜션 안에서 살인 사건이 일어났습니다. 피해자는 숙박객 이즈모이 미치出雲井未知 씨. 여성입니다."

펜션 1층의 객실로 안내하여 음료(블랙커피) 준비를 마친 후 사람들을 물리고, 미스노 경부는 사건 개요를 설명하기 시작했다. 그 자신도 아직 전모를 제대로 이해했다고는 말할 수 없는 갓 일어난 따끈따끈한 사건이라 이야기하면서 정리해 나가고픈 마음도 있었다.

"네, 애도를 표하는 바예요."

쿄코 씨는 두 손을 합장했다.

딱히 이 방이 사건 현장인 것은 아니지만. 뭐, 구조는 똑같다.

참고로 코트 안의 복슬복슬한 스웨터도 하얬다.

식사할 때 꽤 신경이 쓰일 것 같은 패션이다.

"과연, 그렇군요. 그나저나 펜션에 온 건 처음인데 일반 호텔보다 구조가 근사하네요. 우후후, 이러고 있으니 미스노 경부님과 둘이서 스키 여행을 온 것 같아요."

심장이 쿵 내려앉았다기보다, 미스노 경부로서는 그저 무방비한 말에 갑자기 기선을 제압당한 기분이었다. 탐정으로서의 능력에는 의심이 끼어들 여지가 없지만 역시 쿄코 씨는 일하기 좋은 상대라고는 결코 말할 수 없었다.

'그것도 소설과 현실의 차이…인가. 추리소설에서는 탐정의 연애 사건이 조미료 이상의 의미를 지니는 경우가 없으니까.'

최근에는 레퍼토리도 늘었겠지만. 그러나 적어도 쿄코 씨는 일에 관한 한 금욕적인 탐정으로, 그 의미심장한 발언은 "피해자 이즈모이 씨는 어땠을까요?"라는 질문을 위한 포석이었던 모양이다.

사무적.

"즉, 그녀와 함께 숙박한 분이 계셨는가 하는 의미인데요."

"아니요, 혼자 온 여행이었습니다. 요즘에는 드물지도 않은데, 순수하게 설산에 스키를 즐기러 온 모양입니다."

생각해 보면 펜션에 온 것이 처음이라는 쿄코 씨의 말도 전혀 신빙성이 있는 게 아니지만, 적어도 기억에 없는 것은 확실할 테니 '요즘'이라는 전제는 불필요했을지도 모른다.

"스키인가요. 버스가 늦게까지 다니는 것 같으면 저도 한차례 즐기고 갈까 봐요."

그렇게 여유로운 소리를 하는 쿄코 씨.

가장 빠른 탐정으로서의 자부심으로 이해하면 마음 든든할 따름이다. 물론 나머지 시간을 어떻게 활용하든 그것은 그녀 마음이다.

개인적으로는 쿄코 씨의 스키웨어란 것도 보고 싶다… 아니,

쓸데없는 바람이다. 미스노 경부는 사건이 해결되면 부리나케 돌아갈 따름이다.

스키 여행을 온 것이 아니다.

수사하러 온 것이다.

"사인과 범행 시각을 알려 주세요. 아는 범위 내에서라도 상관없으니."

사람이 죽은 일에 대해 그렇게 시원시원하게 물으니 당황스러운 기분도 들지만, 그 부분은 서로 프로이다.

미스노 경부는 감정을 담지 않고 담담하게,

"사인은 타격에 의한 타살. 범행 시각은 어젯밤 새벽 1시에서 3시 사이로 보입니다."

라고 질문에 대답했다.

"범행 현장은 숙박 중이던 201호실. 혼자 방에 있다가 당한 범행이라 당연하지만, 목격자는 없습니다."

"흐음."

하고 쿄코 씨는 수긍했다.

"그렇다면 추정할 수 있는 범행 당시의 상황은 한밤중에 201호실을 찾은 어떤 분이 피해자를 때려죽였다는 것이네요. 자고 있는데 숨어든 건지, 아니면 피해자가 불러들인 건지는 아직 판단할 수 없지만."

"네… 그렇죠. 하지만, 자고 있는데 맞은 건 아닌 듯합니다.

피해자는 침대 위에서 죽어 있었던 게 아니니까요. 의식이 있는 상태에서 허를 찔린 게 아닐지."

다툰 낌새나 저항한 낌새는 없었다.

그것은 곧 현장에 범인을 특정할 만한 흔적이 남아 있지 않다는 뜻이기도 하다.

"혼자 여행하다가 한밤중에 누군가를 맞닥뜨려 허를 찔린다, 라는 일이 있을까요?"

쿄코 씨는 불쑥 그런 의문을 제기하더니 사고의 방향을 바꾼 듯 "유력한 용의자는 있나요?"라고 다음 질문을 던졌다.

"네. 다만 용의자라고 해야 할지 어떨지는, 모르겠습니다. 이것은 단순히 범행 가능한 인물이라는 의미에 지나지 않거든요. 쿄코 씨도 아까 걱정하셨지만 이곳은 교통편이 좋다고는 할 수 없는 장소니까요."

바로 그렇기 때문에 펜션을 운영할 수 있겠지만, 눈보라가 몰아치면 교통사고를 미연에 방지해야 하기에 도로는 금방 봉쇄되고 만다.

"그렇다면 어젯밤 이곳은 클로즈드 서클이 성립되어 있었단 말인가요? 외부에서 침입할 수도 없고 또 외부로 나갈 수도 없는…."

역시 명탐정이다. 이해가 빠르다.

"네. 오늘은 비교적 날씨가 온화하지만, 어제는 오후부터 1미터 앞도 볼 수 없을 만큼 많은 눈이 내렸다고 합니다. 스키는커녕 펜션에서 한 발짝도 외출할 수 없을 만큼."

"네."

오늘밖에 없는 쿄코 씨는 어제 이야기를 마치 다른 세상의 전설처럼 듣는다.

"산의 날씨는 변하기 쉽다는 말인가요. 그렇다면 용의자는, 혹은 용의자 후보는 당시 이 펜션에 숙박 중이던 손님과 펜션 관리인으로 한정되는 셈이네요."

"네. 그런 셈입니다."

말하면서 미스노 경부는 메모장을 넘겼다.

용의자 리스트를 거기에 적어 두었기 때문이다. 그것을 소리 내어 읽었다.

"어젯밤 이 펜션에 머물렀던 숙박객은 피해자를 제외하면 세 팀입니다. 부모와 딸, 아들로 구성된 4인 가족, 젊은 남녀 커플, 마지막 한 팀은 직장을 은퇴한 노부부죠."

먼저 그렇게 말한 후 구체적인 이름과 연령을 밝혔다. 그야말로 개인 정보라서 민간 탐정에게 넙죽넙죽 알려 줄 수 있는 게 아니지만, 상대가 망각 탐정이므로 유출될 걱정은 전혀 없다.

실제로 쿄코 씨는 기억뿐만 아니라 기록에도 이 정보를 남기지 않는다. 메모를 읽는 미스노 경부 앞에서 그녀는 메모지를 꺼내지도 않았다(애초에 갖고 있지 않을 것으로 사료된다).

"흐음. 숙박객은 피해자를 제외하고 총 여덟 명. 그리고 관리인이 있나요?"

"네. 오빠와 동생 두 사람이 경영한다고 합니다. 탈脫 샐러리맨이라는 것이지요. 경영은 올해로 5년째라고 하더군요."

"와아. 좋네요. 저, 외동이라서 오빠를 동경하거든요."

"…쿄코 씨, 외동입니까?"

"글쎄요… 있는데 단지 잊었을 뿐인지도 몰라요."

꽤 엄청난 발언을 한다.

망각 탐정의 집안 사정.

"그럼 용의자는 다 합해서 열 명… 뭐, 엄밀히 말하자면 가족 여행 팀에서 따님과 아드님은 제외해도 좋을지 모르지만요."

"그렇군요."

제외해도 좋다기보다 제외할 수밖에 없으리라.

딸은 여섯 살이고 아들은 네 살이다.

살인에 쓰였음 직한 흉기를 들 수 있을지 없을지도 의문이다. 실질적으로 용의자는 여덟 명이라고 생각해도 좋을 것이다.

가족 여행 온 아빠(32) 가족 여행 온 엄마(30).

커플 중 남자(22) 커플 중 여자(24).

노부부 중 남편(61) 노부부 중 아내(57).

오빠 관리인(35) 동생 관리인(30).

"우후후. 추리소설이라면 등장인물만 보고 범인을 알아맞히기도 하지만, 이래서는 역시 알기 힘드네요."

쿄코 씨는 그런 식으로 말하며 미소 지었다.

굳이 따지자면 그것은 추리소설보다는 미스터리 드라마의 캐스팅 일람을 봤을 때 할 수 있을 것 같은 말이지만.

"애당초 같은 펜션에 머물렀다는 것만으로 용의자 취급을 받으면 참을 수 없죠. 다들 지금은 어떤 상태이신가요?"

"어떤 상태, 랄까… 각각 이 펜션에 남아 청취에 응하고 계십니다. …그게 문제라고 할까, 쿄코 씨에게 상담하고 싶은 부분입니다만."

"상담?"

하며 쿄코 씨는 고개를 갸웃했다.

"틀림없이 의뢰는 살인 사건의 해결일 줄 알았는데, 가장 **빠**른 탐정의 속단이었나요?"

"아니요, 물론 최종적으로는 그런 셈입니다만. 가급적, 빨리 해결해 주셨으면 합니다."

미스노 경부는 가장 빠른 탐정을 상대로 새삼 할 필요도 없는 말을 했다. 오히려 강조해서 말했다.

"그게, 보시다시피 날이 갰습니다. 산을 내려가고자 하면 자유롭게 내려갈 수가 있거든요. 요컨대… 용의자인 숙박객들이 **돌아가고 싶어 하는** 상황입니다."

"돌아가고 싶…어 한다."

"물론 저희로서는 그들이 각자 사는 지역으로 돌아가 버리면 수사상 몹시 불리해서… 어느 정도 실마리가 보일 때까지는 이 설산에 머물러 주었으면 하거든요. 그렇게 부탁했더니, 경찰이 숙박비를 부담하라고 억지를 부리는 겁니다."

억지를 부린다고 하니 어감이 별로라 스스로도 실언이라고 생각했지만, 사회 정의를 집행 중이라고 믿는 몸으로서는 그것이 거짓 없는 진심이었다. 사안은 살인 사건에 대한 수사이니 켕기는 구석이 없다면 선량한 한 명의 시민으로서 아낌없이 협력해 주었으면 한다.

그렇다, 추리소설의 등장인물처럼.

하지만 현실은 소설보다 기이해서가 아니라 현실은 소설보다 복잡해서 숙박객의 불만은 이만저만이 아니었다. 오늘 중으로 돌아가지 않으면 걱정이 된 가족이 데리러 올 것이니 본가에 전화해 달라는 턱없는 요구까지 해 왔다. 도저히 참을 수 없다.

뭐, 계획도 스케줄도 있을 테니 자신이 같은 입장이라도 틀림없이 불평했을 거라고 생각하면 허투루 들을 수는 없다. 그렇다고 해서 어린아이도 포함하여 여덟 명분이나 되는 숙박비를 경비로 처리한다는 것은 역시 무리가 있는 일이었다.

억지를 부리는 상대에게 주장을 밀어붙여 사정 청취와 조사에 미비점이 생기면 안 되지만, 미스노 경부에게는 미스노 경부 나름대로 현장에서의 입장이라는 것이 있었다.

그래서 그는 특별히 백발 탐정을 택한 것이었다. 쿄코 씨에 대한 의뢰비가 여덟 명분의 숙박비보다는 그래도 싸다.

"그러니 이번에는 오늘 중으로가 아니라 펜션의 체크아웃 시간까지 사건을 해결해 주셨으면 합니다. 가능할까요?"

"가장 빠른 탐정으로서 불가능하다고는 말할 수 없죠."

선뜻 그렇게 대꾸하고 쿄코 씨는 방 안의 탁상시계에 눈길을 주었다. 현재 시각은 오전 11시, 그리고 체크아웃은 정오까지였다.

앞으로 한 시간.

"아무래도 오후에는 스키를 즐길 수 있을 모양이니 다행이네요. 그나저나 숙박비 정도로 쩨쩨한 말씀을 하시다니, 다들 여유가 없군요."

"아니, 뭐, 결코 싸지는 않으니까요. 당연하다면 당연하지만…."

"단, 그렇다면 저도 상담을 요청할 수 있을까요. 자동차라도 고속 운임은 더 비싸잖아요?"

4

그 후 상당히 쩨쩨한… 아니, 진지한 가격 협상으로 가뜩이나 적은 시간을 더 소모해 버린 시점에서 미스노 경부와 쿄코 씨는 본격적인 회의에 들어갔다.

"그럼 우선 전제 조건을 확인하고 싶은데요, 미스노 경부님. 피해자 이즈모이 씨는 혼자 여행 온 것으로, 다시 말해 다른 숙박객 분들과는 이전에 면식이 없었던 거죠?"

"네. 없는 것 같습니다. 물론 단언할 수는 없지만 주소도 전혀 다르니까요. 과거에 인연이 있었다고는 생각할 수 없습니다. 숙박객뿐만 아니라, 이즈모이 씨는 이 펜션에서 숙박도 처음이었다고 합니다. 즉, 관리인 남매와도 초면입니다."

"과연, 그렇군요."

하는 쿄코 씨.

보수가 두 배 가까이 뛰어서 신이 나는지 여느 때 이상으로 사건에 의욕적이었다. 뭐랄까, 말 그대로 이해타산적인 탐정이다.

'돈으로 움직이는 명탐정은 별로 들어 보지 못했는데. 이 또한 리얼리티인가.'

매력적인 수수께끼를 풀 수 있으면 돈 따위는 필요 없다고 말해 버리는 탐정은 좀처럼 없다는 것이다. 쿄코 씨는 쿄코 씨대로 극단적이었지만.

"그럼 살인에 이를 만한 동기가 있었다면 그것은 체재 중 범인과 피해자가 빚은 어떤 트러블이라고 생각해야 할까요?"

"모르겠습니다. 물론 이런 유의 펜션이니 숙박객끼리 교류가 없었던 것은 아니지만… 트러블 같은 건 없었다고 전원이 증언했습니다."

누군가가 거짓말을 했을 가능성은 당연히 있다고 해도. 전원이 거짓말을 했을 가능성은 현저히 낮다.

클로즈드 서클이라는 환경 탓에, 트러블이 있었다면 그 사안이 제삼자에게 알려졌을 가능성이 높을 것이다. 그런데도.

"돈을 목적으로 한 범행일 가능성은요? 피해자의 소지품 중 사라진 것은 있나요?"

"그게, 없습니다. 지갑은 물론이고 액세서리도, 스키 장비도… 휴대전화, 카메라 등 개인 물품도 모두 남아 있었습니다."

논리적으로 말해 사라진 물건이 없는지 어떤지는 피해자 본인 이외에 판단할 수 없지만, 적어도 귀중품이 사라지진 않은 것 같았다.

그것은 경험으로 알 수 있다.

경험. 그것은 기억이 쌓이지 않는 망각 탐정에게는 결정적으로 결여되어 있는 것이라 이 설명에는 납득하지 않을지도 모르지만.

"아뇨, 아뇨. 믿고말고요. 서로 부족한 부분을 보완해야죠. 저는 경험을 받는 대신 속도를 제공하는 셈이에요."

이쪽이 제공하는 것은 경험뿐만 아니라 금전도 있지만. 뭐, 그런 소리를 할 시간이야말로 없다.

"방문은 잠겨 있었나요? 현장이 밀실이었는지 어땠는지 하는 장난스러운 질문이 아니라, 단순히 현장 상황을 파악하고 싶을 뿐인데요."

밀실인지 어떤지 묻는 것을 장난스러운 질문이라고 생각하는 모양이다. 뭐, 명탐정 같은 걸 하고 있으니 추리소설 팬이 아닐 리 없나.

하지만 수사에 필요한 정보이기는 하다.

"호텔이 아니라 펜션이니까요…. 문은 오토 록이 아닙니다. 이 방도 그렇고…."

미스노 경부는 문 쪽을 보았다.

이른바 섬턴* 자물쇠이다.

"오늘 아침 식사를 권하러 간 관리인 중 여동생이 시체를 발견했을 때, 문은 잠겨 있지 않았다고 합니다. 즉, 밀실 상황이 아니었습니다. 참고로 룸 키는 방 책상 위에 놓여 있었습니다."

"흐음. 그럼 열쇠의 소재所在와 소유로 범인을 특정할 수는 없다는 건가요. 그 밖에 범인을 알 수 있을 만한 정보는 있나요?"

"현재로서는 없다고 말하지 않을 수 없습니다. 용의자와 범인을 잇는 실마리가 한 가닥도 없습니다."

솔직히 처음에는 매우 간단한 사건이라고 생각했다. 그야말로 가장 빠른 탐정의 힘을 빌리지 않더라도 스피디하게 해결할 수 있지 않을까 생각했을 정도이다.

※섬턴(thumb-turn) : 열쇠 없이 손가락으로 돌리기만 하면 잠기는 손잡이형 철물. 방 안쪽에서 문을 잠그는 데 사용되며 바깥쪽에서는 열쇠로만 여닫을 수 있다.

그야 처음부터 용의자가 좁혀져 있었기 때문이다. 간단히 특정 지을 수 있다고 생각했다.

그렇지만 어린아이를 포함하더라도 열 명.

누구도 범인 같지 않다.

동기다운 동기가 없는 것이다.

"만약 피해자 이즈모이 씨에게 일행이 있었더라면 그 사람이 첫 번째 용의자가 되었겠지만, 혼자 여행 온 것이니까요. 여자 혼자 여행… 그건 그것대로 위험하겠지만."

쿄코 씨는 그렇게 말하고 생각에 잠긴 얼굴을 했다.

"그녀와 말다툼을 하던 어떤 분이 홧김에 살해했다… 가능성이 없지 않겠지만, 그 경우 다툰 흔적이 없다는 것이 부자연스러워요. 말씀을 듣는 한 범인은 처음부터 피해자를 죽이려고 했다고밖에 생각할 수 없어요. 살해 자체가 목적… 으~음."

하며 쿄코 씨는 자신의 백발 머리를 어루만지듯 했다.

"피해자의 인품을 아는 범위 내에서 알려 주실 수 있을까요? 트러블을 일으키기 쉬운 성격이나 원한을 사기 쉬운 캐릭터였나요?"

"굳이 말하자면, 그 반대일까요. 오히려 붙임성이 좋고 호감가는 여성이었던 모양입니다."

혼자 여행 같은 걸 하고 있어서 까다로운 타입이려나, 하고 당초에는 편견 어린 시선으로 바라보았던 미스노 경부지만, 까다

롭기는커녕 여행지에서 누구와도 쉽게 친해지는 타입이었던 모양이다. 만난 지 얼마 안 된 다른 숙박객들과 관리인 남매도 좋은 인상을 받은 모양이다.

물론 범인을 제외하고, 겠지만.

"그 쾌활한 성격이 반감을 산 것일지도 모르는데요? 아무리 긍정적인 이유일지라도 동시에 부정적인 이유가 될 수도 있으니까요. 하지만 그렇다고 죽이는 건 도가 지나치죠."

쿄코 씨는 도착점을 정하지 않고 생각을 하며 말하는 낌새였다. 여느 때와 같은 망라 추리겠지만 이번에는 그것을 지켜볼 만한 시간적 여유가 있을지 어떨지 의문이다.

이미 11시 반이 가깝다.

물론 체크아웃 시각까지 모든 문제를 해결해 달라는 것은 희망을 최대한으로 말했을 경우로, 미스노 경부로서는 그 절반만이라도 목표를 달성해 주면 만족인데.

용의자 여덟 명에게 '이제 돌아가셔도 좋습니다. 하지만 연락은 되게끔 해 주십시오'라고 너그러운 척 말할 수 있을 정도로 사태를 장악할 수만 있으면 된다.

"숙박객뿐만 아니라 두 관리인에게도 재촉을 받고 있어서요. 방을 비워 주지 않으면 예약을 취소해야 할지도 모른다… 그 손해를 보상해 달라나…."

그쯤 되면 역시 모른 척해야 할 것 같았으나 사건 관계자와의 트러블은 가능하면 최소화하고 싶었다.

"이런, 이런. 돈은 확실히 중요하지만 그렇게 노골적으로 좀스러운 소리를 하면 리액션이 곤란해지죠."

기가 찬 듯 쿄코 씨는 어깨를 으쓱했다.

아까 미스노 경부의 리액션을 실컷 곤란하게 만든 사람과 동일 인물의 발언이라고는 생각되지 않지만.

"저는 호주머니뿐만 아니라 마음도 넉넉하고 싶거든요."

태연히 그런 소리를 한 뒤('호주머니보다'라고는 안 했으니 그래도 진실한 건가),

"어쨌거나 다들 이 살인 사건으로 피해를 입은 거네요. 아니면 누군가 이득을 본 분이 계실까요?"

라고 말하는 쿄코 씨.

"이득? 이요?"

"네. 지금으로서는 누가 이즈모이 씨를 죽였는가 이전에 어째서 이즈모이 씨가 죽임을 당했는가가 불확실한 것 같아서 그 부분을 중점적으로 살펴볼까 하거든요. 원래는 논의의 여지없이 용의자가 좁혀져 있는 클로즈드 서클 안에서라면 할 일이 아니지만."

"동기 해명을 맨 처음으로 하는 거로군요. 즉, 와이더닛*인가

※와이더닛(whydunnit) : 범죄의 동기에 초점을 맞추어 전개되는 소설, 영화, 드라마 등을 의미하는 용어.

요?"

조금 전 '밀실'이라는 키워드 때문은 아니지만 추리소설 용어를 쓰고 말았다.

다행히 쿄코 씨는 그것을 '장난스럽다'고는 생각하지 않은 모양이지만, 그러나,

"와이더닛이 아니라 퀴 보노cui bono이려나요."

라고 정정했다. 퀴 보노?

퀴 보노라는 게, 뭐지? 미스터리 작가의 이름인가?

"아뇨, 그것도 추리소설 용어예요. 방금 전 말씀드린 의미예요. 그 사건으로 대체 누가 이익을 얻었는지를 생각하는 접근법이에요."

말하자면 와이더닛의 반대죠, 라고 쿄코 씨는 설명했다.

기억이 없는 것치고는 박식하다.

알고 있었던 사실이기는 하나.

"공부가 부족해서 몰랐는데… 이 경우로 말하자면 피해자 이즈모이 씨가 죽음으로써 이익을 얻은 분을 추정하면 되는 겁니까?"

"맞아요."

누군가가 죽어서 누군가가 이득을 보는 케이스.

그런 가정은 별로 유쾌한 것이 아니지만… 이 또한 일로서 선을 긋는 수밖에 없다.

적어도 그 점에 있어서 쿄코 씨는 완전히 선을 그은 것 같다. 상식적으로 생각하면 누군가가 죽어서 누군가가 이익을 보는 케이스라는 건 유산 상속쯤 되려나.

하지만 성격은 둘째 치고, 피해자 이즈모이 미치는 수입과 저금이 일반적일 것으로 추측되는 회사원이었다. 게다가 용의자 가운데 피해자의 상속인이나 생명보험 수령인은 없다.

이른바 생판 남이다.

"…생판 남이 죽어서 이익을 보는 케이스라는 게, 있습니까?"

"의외의 소득이라고 할까요."

쿄코 씨는 알 듯 말 듯한 소리를 했다. 그 말을 듣고 무심결에 미스노 경부는 돈의 손익으로만 계속 생각하고 마는데….

"손익으로 말하자면 결국 용의자 여러분은 대체로 손해를 보고 있는 셈이죠. 본의 아니게 이 펜션에 매여… 일정을 깨야만 했으니."

숙박비를 경찰에 요구하는 것은 무리수라고 해도 문제는 그 마이너스뿐만이 아닐 것이다. 스케줄대로 생활했으면 얻을 수 있었을 이익(정신적인 이익도 포함하여)도 잃은 셈이니까. 누가 가장 이득을 보았는가보다 누가 가장 손해를 보았는가를 생각하는 편이 더 빠를 것 같기도 하다.

"숙박객뿐만이 아니라 관리인 남매도 물론, 그렇겠죠. 아니, 가장 큰 손해를 입은 사람은 두 관리인인지도 몰라요."

라고 쿄코 씨는 말했다.

"그야 펜션 안에서 사람이 죽으면, 그것도 살인 사건이 일어나면 악평이 나는 건 피할 수 없으니까요. 앞으로의 경영에 그런대로 지장을 초래하겠죠."

그 부분은 개인 사무소의 소장이기도 한 쿄코 씨의 경영자로서의 의견이겠지만, 이의는 없다.

그렇다고 관리인 남매를 당장 용의자에서 제외할 수는 없지만 하나의 판단 자료는 될 것이다.

조금 생각하고 미스노 경부는,

"세 팀의 숙박객도 전원 동등한 손해를 입은 것은 아닐지도 모릅니다. 서열이라고 하면 과장되게 들리지만, 각자에게서 나름의 격차가 눈에 띕니다."

라고 말했다.

의뢰했다고 해서 추리와 고찰을 모두 탐정에게 떠맡길 수는 없다. 진상을 알아맞히는 건 어려울지라도 자신의 발언이 쿄코 씨에게 힌트가 될 가능성은 있으므로 실언을 두려워해서는 안 된다.

"격차라고요. 어떤 격차죠?"

"으음, 우선 가족 동반객 말인데… 손님 중에서 지금의 클로즈드 서클 같은 상황이 가장 달갑지 않을 사람은 그들이라고 생각합니다."

"그것은 심플하게 인원수가 많기 때문일까요? 체재가 길어지면 그만큼 비용도 불어난다는 점에서. 자녀분들에게도, 여섯 살과 네 살이지만 일반 요금이 부과될 테니까요. 게다가 예약 할인도 없나요."

돈 이야기에는 이해가 빠르다.

확실히 그것 때문도 있지만 그것 때문만은 아니다.

"사실 그들은 원래대로라면 어제 돌아갔어야 했거든요. 체크아웃도 끝난 상태였죠. 그런데 오후부터 기상이 악화되어 되돌아오지 않을 수 없었습니다. 즉, 이미 하루치, 예상 밖의 지출을 해야 했던 셈입니다."

"어떻게 그런 일이."

그 사실에 쿄코 씨는 아연실색한 듯했다.

돈 이야기에는 너무 반응이 좋다.

"확실히 그 손해란 헤아릴 수가 없죠."

"돈이니까 금액으로 헤아릴 수가 있습니다만… 그에 비하면 젊은 커플은 어제 눈보라가 몰아치기 직전 체크인하여 오늘 돌아갈 예정이었으니, 가족 동반객보다는 지출이 적은 선에서 그치겠죠."

그럼에도 그들은 그 비용을 부담하라고 경찰에 강력 주장했지만. 기분은 알겠으나 법 집행 기관을 상대로 그렇게 세게 나오다니, 다소 장래가 걱정되는 커플이었다.

모든 경찰이 미스노 경부처럼 이해심이 많은 것은 아니고 가장 빠른 탐정과의 인맥을 가진 것도 아니므로.

"노부부는 어떤가요? 연령을 생각하면 두 분이 스키를 즐기러 온 것은 아닐 듯한데."

"네. 스키나 스노보드를 타러 온 것이 아니라 설산을 산책하러 온 모양입니다. 그러니까 그 두 사람의 경우 느긋하게 일주일간 예약된 상태였습니다. 따라서 금전적인 손해는 없습니다."

느긋하게 머물 생각이었던 펜션에서 이렇게 살인 사건이 일어난 것만으로도 이미 차고 넘칠 만큼 손해를 입었다고도 할 수 있지만, 적어도 다른 두 팀과는 다소 처지가 다르다.

"더불어 그분들은 숙박비를 부담하라고는 요구하지 않았나요?"

타당한 의문인 듯 쿄코 씨는 물었지만, 그걸 요구하는 노부부는 위험하다. 금전 감각이 이상하다고 해도 좋다.

"협력적이라고 할 정도입니다. 물론 다른 두 팀에 비하면 비교적인 수준이지만… 뭐, 자신들보다 훨씬 젊은 여자가 살해당한 사건이라 여러모로 느끼는 바가 있는 모양입니다."

물론 그들 중 하나가, 혹은 둘 다 범인이 아니라고 가정했을 때의 인상이지만.

"단, 요구하지 않았다고 해서 다른 그룹의 숙박비는 부담하고 그들의 것은 부담하지 않을 수도 없습니다만. 퀴 보노라는 것을 생각하면 가장 의심스러운 건 노부부인 셈이 될까요? 사고 방향이 반대지만, 상대적으로 그들이 가장 이득을 봤다고 말할 수 있으니까요."

"으~음. 손해를 보지 않은 것은 곧 이득을 본 것이라는 시각에는 꽤 무리가 있죠. 그도 그럴 것이 사람을 죽인다는 큰 죄를 법치 국가에서 저지르고 만 시점에서 터무니없이 큰 손해를 본 셈이잖아요. 그것을 만회할 만한 메리트가 없다면 가장 유력한 용의자로 취급하기는 어려워요."

물론 인간의 목숨에 걸맞은 메리트 같은 건 없다고 해야 하지만, 하고 쿄코 씨는 울적한 듯 말했다.

덧붙이듯 정론을 말하면 이런 고찰을 하는 데 꺼림칙함이 커지므로 관뒀으면 좋겠다.

"적어도 본인으로서는 걸맞다고 인정할 수 있을 만한 메리트가 배후에 있어야겠죠. 플러스 마이너스로 따졌을 때 조금 남는다, 정도의 뉘앙스가 아니고요."

"사람을 죽여서 이득을 보았다고 생각할 수 있는 케이스란 그리 없을 것 같은데요… 클로즈드 서클에서는 더더욱 그렇죠."

근본적인 시점이 되고 마는데, 눈보라 치는 산장에서 사람을 죽인다는 것 자체가 불합리하고 자멸적인 행위라 할 수 있다. 어째서 자신이 용의자로 한정될 만한 상황에서 굳이 범죄를 저지르지 않으면 안 되는가.

추리소설과 현실의 차이.

등장인물표, 즉 용의자 리스트에 이름이 오를 만한 리스크는 피할 수 있으면 피하고 싶을 것이다.

제대로 된 정신 상태라면 펜션에서 나가는 것이 금지될 만큼 세차게 눈보라 치는 밤에 사람을 죽이거나 하진 않는다.

뭐, 사람을 죽이려 하는 시점에서 이미 손익 계산을 할 수 없게 된 것이라면 제대로 된 정신 상태와 판단력을 상정하기란 힘들지도 모르지만….

"클로즈드 서클… 예상 밖의 악천후가 스트레스 요인이 되어, 화풀이하듯 혼자 여행 온 여성을 때려 버렸다…."

아마 스스로도 있을 수 없는 일이라고 생각하고 있을 가능성을 쿄코 씨가 말했다. 입 밖에 내어 보면 새로운 것이 발견될지도 모른다는, 그녀의 '뭐든지 해 봐야 안다'라는 주의의 반증이리라. 그녀는 실수와 실패를 두려워하지 않는다. 어차피 잊어버리니까.

하지만 화풀이라는 것은 누구에게도 무엇에도 유익하지 않은, 퀴 보노의 대척점에 있는 듯한 개념이라고 생각하는데. 그렇게 되면 아예 무차별 살인이지 않은가.

'참 이상한 것이, 차별은 하면 안 되는데도 그것을 부정하는 무차별이라는 말 역시 좋은 의미로 사용하기란 어려워….'

"그 기준으로 이성을 잃은 용의자의 경우 사정 청취를 하면 딱 알아차릴 수 있을 법도 한데요. 누구라도 좋았다, 라고요."

그렇게 말하더니 쿄코 씨는,

"그렇지만 어젯밤 펜션에 체재하던 열한 명 중에서 가장 죽이기 쉬웠던 것이 피해자였다는 추정이라면 가능할지도 몰라요."

라고 심각하게 말을 이었다.

얼마나 진심으로 그 가능성을 검토하고 있는 건지, 이렇게 되자 미스노 경부로서는 가늠할 수 없었다.

"그렇게 되면 동기는 필요 없고 말이죠. 단순히 죽이기 쉬워 보여서, 죽일 수 있을 것 같아 죽였을 뿐이고."

"…그 경우에는 더 이상 퀴 보노든 와이더닛이든 고려하지 않아도 된다는 말입니까?"

그런 살인귀와 함께 펜션에 갇힌다면 그것은 더 이상 추리소설 속 상황이 아니라 공포영화 속 상황이 되어 버린다.

그렇다면 끙끙거리며 교묘한 속사정을 생각하는 것은 시간 낭비인지도 모른다. 이미 체크아웃까지는 20분도 채 남지 않았다.

아직 현장 검증도 하지 않았는데, 말이다.

하지만 쿄코 씨로 말할 것 같으면 전혀 서두르는 기색도 없다. 뭐, 아무리 가장 빠른 탐정이라 해도 스피드를 중시한 나머지 엉성한 추리를 하면 클라이언트로서는 참을 수 없지만.

"아니요. 이 경우에는 무관한 사람을 죽이는 메리트야말로 고려해야만 하죠. 일반적으로 이해하기 힘들다 뿐이지 반드시 의미는 있을 거예요.”

쿄코 씨는 하나, 손가락을 세우고 말했다.

“무관한 사람을 죽여 이득을 본 것으로 추측되는 케이스… 글쎄요. 그 결과 일어난 일이 범인의 의도대로라고 가정해 볼까요?”

“……? 그 말씀은?”

“예를 들어, 살인 사건이 일어남으로써 이 펜션의 경영이 기울어졌다고 쳐요. 그것은 오너 입장에서는 큰 손해지만 그만큼 누군가가 이익을 볼지도 몰라요. 예를 들어, 이 산에 호텔을 세우고자 하는 기업이라든지.”

그런 기업이 있다면 말이지만, 하고 능청스러운 소리를 하는 쿄코 씨였다. 클로즈드 서클이라는 상황을 무시한 가설이겠지만, 사고방식은 이해가 갔다.

누군가의 손해는 누군가의 이득.

상대적으로가 아니라 총체적으로 생각하는 것이다.

“어떤 선택으로 전체가 이득을 보는 케이스가 있듯이 전체에 손해인 케이스도 있으니까 사실 일률적으로 말할 수는 없지만. 참고삼아.”

“…그럼 이런 건 어떨까요, 쿄코 씨. 피해자 이즈모이 씨는 머물던 중 누구와도 트러블을 일으키지 않았던 것 같지만, 다른 조합으로 트러블이 일어났을 가능성은 아직 부정되지 않았습니다. 숙박객 중 어느 분인가가 관리인 남매와 심각한 트러블을 일으켜 관리인에게 해코지를 하고자 펜션 안에서 살인 사건을 일으켰다….”

떠오른 순간에는 꽤 괜찮은 추리가 번뜩인 듯한 기분이었지만, 이야기하는 사이 점점 자신감이 사라져 갔다. 이것은 추리 소설을 너무 많이 읽었다는 핀잔을 들어도 별수 없는 레벨의 가설이다.

가설은커녕 망상의 레벨이다.

그런 식의, 당시의 기분 같은 이유로 무관한 사람을 죽이는 놈에게 대체 어떤 장래가 기다리고 있을까. 그런 단편적인 사고의 소유자라면 관리인 남매를 직접 죽이려고 할 것이다.

혼자 여행 온 여성이 더 죽이기 쉬웠다 해도, 다른 사람이라고 해서 보디가드가 딱 붙어 있어 과도하게 죽이기 어려웠던 것은 아니기 때문이다.

백보 양보해서 설사 그런 생각이 언뜻 머릿속을 스쳤을지라도 조금이나마 스스로의 내일을 생각할 수 있는 자라면 그런 동기로 범죄에 손을 대지는 않을 것이다.

“흐음. 내일, 이라고요. 오늘밖에 없는 제게는 어제와 마찬가지로 존재하지 않는 것과도 같은 날인데요.”

“아, 아니, 죄송합니다. 결코 그런 의도로 한 말이….”

“신경 쓰지 마세요. 저는 그 능력을 살려서 일하는 탐정이니까.

다만, 이대로는 오늘 일을 완수할 수 있을 것 같지가 않네요."

말하고 쿄코 씨는 슬그머니 일어났다.

그리고 "고찰은 대충 끝났으니 슬슬 현장을 볼 수 있을까요?" 하며 미스노 경부를 재촉했다. 이제야.

이제 타임 리밋까지 15분 남았으므로, 이렇게 되면 체크아웃 시각까지 사건을 해결한다는 건 현실적으로 어려워졌다고 판단하지 않을 수 없겠지만… 뭐, 숙박 시설에는 레이트 체크아웃이라는 시스템도 있다.

게다가 포기하기에는 아직 이르다.

그 극적인 자리에 미스노 경부가 동석했던 것은 아니지만, 과거에 망각 탐정은 살인 현장에 발을 들임과 동시에 진상을 간파한 적도 있다고 하니까. 전광석화와도 같은 사건 해결의 최단 기록을 보유한 레코드 홀더에 대하여 기대를 버리는 것은 남은 시간이 15분인 현장에서도 아직 시기상조이다.

'하긴, 그런 스피드 해결의 공훈을 쿄코 씨는 이미 잊어버렸지만….'

보기에 따라서는 굉장히 겸허한 사람이다.

그렇지만 현장 책임자로서, 그리고 의뢰인으로서 보험은 들어 두기로 하고 미스노 경부는,

"만약 정오까지 사건 해결의 기미가 보이지 않는다 하더라도 쿄코 씨는 계속 수사에 협력해 주셨으면 하는데, 상관없을까

요?"

라고 말했다. 그 부탁에 쿄코 씨는 "물론이고말고요."라고 수락했다.

"그 경우에는 유감이지만 다시 일반 요금으로 전환하도록 할게요. 정말 유감이고, 부끄럽지만요."

그것이 세상에서 가장 서글픈 일이라는 듯 안타까운 기색으로 고개를 절레절레 흔드는 쿄코 씨였다. 보수에 대한 정념이 지나치게 강하다.

"눈보라 치는 산장에 불려 온 탐정으로서는 최소한 연쇄 살인이 되는 건 막고 싶은 바이니까요."

연쇄 살인이라.

그것도 추리소설의 클로즈드 서클에서는 정해진 패턴이며 약속과도 같은 정석이기도 하다. 현실에서라면 연쇄 살인 사건은 좀처럼 일어나지 않지만.

한 명을 죽이든 두 명을 죽이든 마찬가지, 라는 상투 어구도 소설 속이라면 딱 맞아떨어지나 현실에서는 그저 현실성 없는 발언일 뿐이다.

설사 범인이 그것을 꾀하더라도 두 번째, 세 번째 살인을 저지르기 전에 붙잡히는 법이다…. 하물며 닫힌 원 안에서의 연쇄 살인이라니, 부디 범인을 특정 지어 체포해 달라고 부탁하는 것과도 같다. 용의자가 줄어들어 가는, 범인에 의한 소거법이다.

그 바람에 응하지 못하고 있다.

피해자뿐만 아니라 범인에게까지 애석함을 느끼게 되다니, 이거 참, 경찰에게는 몹시 과분한 사건이다.

"……."

음.

하고, 기분 좋은 자학에 빠지면서도 미스노 경부는 문을 열어 먼저 쿄코 씨를 내보내려고 했으나, 그녀는 방을 나가려던 찰나, 발을 멈추었다. 그리고 멍하니 천장을 올려다보듯 했다.

아니, 천장에는 천장밖에 없는데.

피해자가 이 바로 윗방에서 살해된 것도 아니다. 남은 시간이 시시각각 줄어 가는 마당에 넋이 나가 있으면 곤란한데?

"저… 쿄코 씨?"

미스노 경부가 쭈뼛쭈뼛 곤란한 듯이 부르자,

"클로즈드 서클. 살인 사건. 용의자 리스트. 죽이기 쉬움. 무차별 살인. 연쇄 살인… 퀴 보노."

라고 그녀는 중얼거렸다.

그리고 얼굴을 이쪽으로 돌렸다. 그 표정은 넋이 나가기는커녕, 늘 생글생글 웃고 있는 쿄코 씨로서는 보기 드물게 무척 심각한 듯 굳어 있었다.

"미스노 경부님. 지금 당장 구속해 주셨으면 하는 숙박객이 있어요. 부탁드려도 될까요?"

"네…? 구속이라니."

그 말은 즉, 클로즈드 서클에 갇힌 등장인물의 리스트 안에서 범인을 특정했다는 뜻인가?

현장에 발을 들이자마자, 도 아니라 이 방을 나서지도 않은 채?

하지만 그런 식으로 스피드 기록을 갱신하면서도 쿄코 씨에게는 들뜬 기색이 일절 없었다. 오히려 가라앉은 분위기이다.

"사… 사건 해결, 인 것이죠?"

"아니요. 제 추리가 맞다면."

흠칫거리며 묻는 미스노 경부에게 망각 탐정은 말했다.

확실하게 단언했다.

"사건은 앞으로 일어날 거예요."

5

혼자 여행 온 숙박객, 이즈모이 미치를 타살한 범인은 남녀 커플이었다. 둘이서 공모하여 저지른 살인이었다.

어젯밤, 커플 중 여자가 방을 찾아가 용건을 둘러대며 문을 열게 했다고 한다. 같은 여자라는 점을 내세워 경계심을 늦추어 놓은 것이리라.

그리고 남자 쪽이 살인을 실행했다.

그 부분만 놓고 보면 트릭도 속임수도 없는, 인간이 인간을 죽였을 뿐인 살인 사건이다. 이상한 것은 그 동기였다.

원한이 있었던 것도, 돈을 노렸던 것도 아니다.

만난 지 얼마 안 된, 인생에 있어서 스쳐 지났을 뿐이라고도 할 수 있는 피해자를 그들이 살해한 이유는 미스노 경부로서는 도무지 믿기 힘든 것이었다. 본인은 잊었다 하나 실적이 있는 쿄코 씨가 한 말이 아니었으면 그런 진상은 블랙 코미디로서 일소에 부쳤을지도 모른다.

부럽기도 하다.

외면하고 싶어지는 진상을 내일이 되면 말끔히 잊어버리는 쿄코 씨가 부럽기도 하다. 자신이 추리하여 도출해 놓고 무책임한 감도 부정할 수 없지만, 그것이 망각 탐정의 룰이므로 어쩔 수 없다.

쿄코 씨에게는 오늘밤에 없다.

그런 건 의뢰하기 전부터 계산에 포함되어 있었다. 그리고 이번 사건의 범인인 커플에게도 역시 오늘밖에 없었다.

오늘밖에 없었다.

그래서 그들은 살인을 저지른 것이다.

그리하여 그들이 얻은 것은 시간이었다.

"역시 생각했어야 하는 것은 이즈모이 씨가 살해됨으로써 누가 이익을 얻었는가 하는 점이었어요. 펜션의 경영 상태를 악화시키는 것이 목적이었다는 그 예시를 좀 더 파고들면 좋았을 거예요."

쿄코 씨는 그렇게 이야기했다.

추리가 펼쳐지기 전에, 지시대로 커플에 대한 임의 구속은 완료했기 때문에 탐정의 긴장 상태는 어느 정도 완화되어 표정에는 여유가 돌아와 있었다.

"즉, 사건 결과 일어난 일은 범인의 계획대로이며 목적에 부합하는 것이었다고 가정했더라면 보이는 진상도 있었을 거라는 뜻이에요."

"…하지만 그 커플이 이 산에 숙박 시설을 건설하려고 했다는 건 당연히, 아니겠죠?"

미스노 경부의 질문에 쿄코 씨는 "네." 하고 수긍했다.

"더 심플하게 생각해도 좋아요. 상식적으로 생각하면 마을로부터 떨어진 클로즈드 서클 안에서 살인 사건을 일으킨다는 것은 추리소설 속이 아닌 이상 불합리하기 짝이 없어요. 그것은 미스노 경부님의 말씀대로지만 그것이야말로 범인의 목적이었다면 어떨까요. 클로즈드 서클 안에서 살인 사건을 일으킨다. 용의자로 한정된다. 그리고….."

어쩔 수 없이 현장에 체재하게 된다.

그것이 목적이었다면.

이라고 쿄코 씨는 말했다.

하지만 그렇게 말해도 선뜻 의미를 파악하기 어렵다. 어쩔 수 없이 현장에 체재하게 되는 것이 목적?

뭐야, 그게. 영문을 알 수 없다.

그것이 솔직한 감상이었다.

무심코 무릎을 탁 칠 만한 명탐정의 추리라고는 도저히 말할 수 없는 추리소설적이지 않은 현실이었다.

"그러니까."

그런 분위기를 알아차리고 쿄코 씨는 설명을 추가했다.

"살인 사건을 일으킴으로써 필연적으로 펜션에서 머무는 기간을 **연장**했다는 말이에요. 클로즈드 서클 내부의 용의자 후보가 되면 그리 쉽게 거주지로 돌려보내 주지 않으리라는 것은 미스터리 팬이 아니어도 예상할 수 있으니까요."

"……."

왠지 모르게 알 듯했다.

알고 싶지 않다, 라는 것을 알 듯했다.

그래서 저항하듯이,

"범인은 펜션 숙박을 **연장하고 싶었기 때문에** 살인 사건을 일으켰단 말입니까?"

라고 거듭 질문했다.

자연스레 쿄코 씨에게 힐문하는 듯한 말투가 되었다. 범인이 아니라 탐정에게 힐문해서 어쩌자는 것일까.

"네. 바로 그거예요."

그 매서운 기세에도 쿄코 씨는 천연덕스럽게 응했다.

"그렇게 생각하면 눈 깜짝할 새에 범인을 특정 지을 수 있겠죠? 펜션 오너인 관리인 남매는 당연히 제외할 수 있어요. 원래 며칠 더 체재할 예정이었던 노부부도 마찬가지로 제외. 가족 동반객은 어제 체크아웃하고 돌아갈 예정이었기에 이미 연장된 상태예요. 사건이 일어나기 전부터 돌아가고 싶어 했어요."

따라서 소거법에 의해 젊은 커플이 범인이라는 건가? 돌아가고 싶어 한 것으로 따지자면 그들도 본의 아니게 발목을 붙잡혀 불편했으리라. 경찰에 연장 요금을 요구하는 등 뻔뻔스럽게 나왔었다.

"그것은 연기였겠죠. 설마 그들도 정말 경찰에서 연장 요금을 부담해 줄 거라고 생각한 게 아니라. 그렇게 주장함으로써 자신들이 머무는 게 본의가 아니라고 어필하고 싶었던 것으로 추측돼요."

이미 1박을 자비로 연장한 가족 동반객은 거듭되는 스트레스도 있어 진심이었는지도 모르지만요, 하고 쿄코 씨는 설명을 보탰다.

"그 실랑이에 커플이 동조했다고 보는 게 정답일지도 몰라요."

"…연장하고 싶었으면 관리인에게 말해 그렇게 하면 되었잖아요. 그 일로 사람을 죽인다는 것은 비용 대비 효과가 형편없다고요. 설마 하루 더 스키를 즐기고 싶었다는 겁니까?"

"하루도 즐기지 못했어요. 어제는 도착 직후 날이 급격히 안 좋아졌잖아요?"

"그, 그럼, 그래서? 그래서 머무는 기간을 연장하려고 했다? 사람을 죽이면서까지?"

그렇다면 단편적인 정도가 아니다.

완전히 파탄 나 있다.

그보다 최악은 없을 만큼 역겨운 생각이다. 그러나 쿄코 씨는,

"그랬다면 그나마 나았겠죠."

라고.

더 최악의 존재를 시사했다.

"비용 대비 효과, 가성비가 균형을 이루는 생각이 딱 하나 있어요. 적어도 그들 안에서는 균형이 맞는 것으로 인식되기에 충분한 생각이."

"어… 어떤 생각입니까?"

듣고 싶지 않다고 생각하면서도 직업의식에 내몰리듯 미스노 경부가 묻자,

"목숨에 걸맞은 것은 본래 목숨밖에 없겠죠. 즉, 살인에 걸맞은 것은 무릇 살인 말고는 있을 수 없어요."

쿄코 씨는 그렇게 단정했다.

힘찬 시선으로, 힘찬 어조로.

그 스피드에 필적하는 추리력으로.

"요컨대, 살인을 위한 살인이에요."

살인을 위한 살인.

누구에게도 무엇에도 유익하지 않은.

살인을 위한 살인.

…하긴, 쿄코 씨라고 만능은 아니고 전능하지도 않다.

그렇게 단정했다고 해서 사건의 전모를 남김없이 다 파악한 것은 아니고, 어디까지나 최악의 사태를 가정하여 재빨리 대책 마련에 나섰을 뿐이다. 그렇기 때문에 가장 빠른 탐정이다.

그런 결단이 역효과를 낳는 일도 종종 있지만, 이번 경우에는 그것이 크게 주효했다고 할 수 있다.

어쨌거나 연쇄 살인을 미연에 방지했으니까.

그것은 추리소설에 등장하는 명탐정이라도 좀처럼 할 수 없는 일이다. 그렇다 해도 쿄코 씨가 이번에 막은 것은 엄밀히 말하자면 '다음 살인'이 아니라 '커플의 동반자살'이었지만.

진범의 자살을 미연에 방지했다, 라는 것과도 조금 다르다.

왜냐하면 그들의 목적은 처음부터 동반자살을 하는 데 있었기 때문이다. 스키나 스노보드가 아니라 동반자살을 목적으로 한 여행이었다.

실은 전날 밤에 죽었어야 했다.

설산에서 둘이 부둥켜안고 로맨틱하게 동사할 작정이었다고 한다. 그런 죽음이 뭐가 로맨틱한지 미스노 경부로서는 이해 불가였지만, 그런 생각에 골몰할 만큼 그들은 코너에 내몰려 있었다나.

그렇지만 현실은 로맨틱하지 않고, 산의 날씨는 변하기 쉽다. 펜션에 도착해 보니 산에서 내려갈 수 없을 정도의 악천후로 인해 외출이 금지되고 말았다.

예상대로 죽는 것도 여의치 않나 싶었을 때, 그들은 한 가지 생각에 미쳤다. 지금 이 펜션에서 살인 사건이 일어나면 자신들은 돌아갈 수 없게 된다고.

돌아갈 수 없으며… 돌아가지 않아도 된다는.

…돈 문제가 아니다.

날씨가 회복될 때까지 기다릴 비용이 없었던 게 아니라, 오히려 커플 중 여성은 유복한 집 딸이었다. 그것을 알고 나니 그것만으로도 왠지 모르게 사정은 짐작이 갔다.

생각에 골몰하고, 코너에 내몰려.

여행마저 여의치 않고 동반자살은 당치도 않은. 연장이 허용되지 않는 것은 호주머니 사정 때문이 아니라 집안 사정 때문이었다.

그렇다면 당연히 커플 여행도 비밀이었을 테고, 경찰이라는 공적 기관의 개입이라도 없으면 누군가가 데리러 와서 귀가할 수밖에 없을 만한 상황에 놓여 있었을 것이다. 아니, 실제로는 그 밖에도 얼마든지 선택지가 있었을 테지만 생각에 휩싸여 코너에 내몰린 그들에게는 아무것도 보이지 않았다.

그래서 죽였다.

때마침 펜션에 묵고 있던, 바로 그날 만나 이만저만 '처음 뵙겠습니다'가 아니었던 무관한 제삼자를. 가장 죽이기 쉬워 보여서, 죽였다.

…장래가 걱정되는 커플이라는 생각을 했었다. 조금이라도 자신의 내일을 생각할 수 있는 자들이라면 클로즈드 서클 안에서 살인 사건을 일으키지 않을 거라는 생각도 했었다. 둘 다 정말 엉뚱한 추론이었다.

그들에게는 도통 장래라고 할 수 있을 만한 것이 없었고, 그들은 내일을 진작에 포기한 상태였으니까.

그들에게는 오늘밖에 없었다.

따라서 어떤 의미에서는 목숨을 걸고 무엇이든 할 수 있었다. 그들은 오늘만 넘기면 그것으로 충분하다고 생각했으니까.

그런 그들이, 마찬가지로 오늘밖에 없는 망각 탐정에게 계획을 짓밟혔다는 것은 참으로 얄궂은 전개이며 정말로 덧없는 전말이다.

그들의 의도대로 숙박객을 현장에 붙들어 놓으려 한 미스노 경부에게, 목적을 감추기 위한 퍼포먼스로 마치 쐐기를 박듯 숙박 연장 요금을 부담하라고 요구하지 않았더라면 쿄코 씨가 설산을 올라오는 일은 없었을 테니까.

그 결과, 새롭게 동반자살을 감행하기 위해 숙박을 연장하기는커녕 예정대로 체크아웃하여, 이루어질 수 없는 로맨틱한 커플이 아니라 정체불명의 기분 나쁜 범죄자로서 거주지에 알려지게 되었으니, 그들의 행위와 속셈은 전혀 결실을 맺지 못한 셈이다.

"이러니저러니 해도, 악행도 범죄도 수지가 맞지 않는군요."

"선량하고 붙임성 있게 살아도 마구잡이로 살해당하거나 하는데요, 뭐."

이번 사건을, 어떻게든 자신이 이해할 수 있는 형태로 종합하려 한 미스노 경부에게 쿄코 씨는 그런 식으로 받아쳤다.

이 탐정은 청중을 간단히 납득시키지 않는 모양이다. 추리소설에 등장할 법한 탐정이면서도 한없이 현실적이다.

"…그럼, 쿄코 씨는요?"

"네?"

"쿄코 씨는 무엇을 위해 추리를 하고… 누구를 위해 탐정을 하고 계시는 겁니까?"

트집을 잡는 듯한 그 질문에, 오후에 스키 타러 갈 준비를 하고 있던 쿄코 씨는 연쇄 살인을 예견했던 때의 심각한 표정과는 딴판인 생글생글 웃는 얼굴로,

"추리는 무언가를 위해 하는 게 아니고, 제가 탐정을 하고 있는 것도 누구를 위한 게 아니에요. 그래도 돈은 되죠."

라고 쾌활하게 즉답했다.

시니컬하다기보다는 역시 한없이 현실적이고, 게다가 유익한
답변이었다.

오키테가미 쿄코의

가계부

제 2 화

오키테가미 쿄코의 서술 트릭

1

"서술 트릭은 추리소설의 수많은 트릭 중에서도 두드러지게 특이한 장치예요."

후지무라ニ村경부의 질문에 망각 탐정 오키테가미 쿄코는 그런 식으로 대답했다. 경찰서 취조실에서 경찰과 마주하고 있는데도 전혀 주눅 든 기색이 없다.

아니, 물론 그녀는 피해자 혹은 참고인으로서 조사받고 있는 것이 아니라, 그저 달리 빈방이 없었기 때문에 이 취조실에서 이야기를 듣게 된 수사 협력자지만. 그 당당하고 의연한 태도에 오히려 후지무라 경부가 당황하고 말았다.

"특이한 장치…요?"

"네. 추리소설 특유의 장치라고도 할 수 있어요. 미스터리라는 장르도 세상에 나온 이후 변천하여 드라마나 만화, 애니메이션이나 게임과 같은 다양한 표현으로 확장되어 왔지만, 서술 트릭을 사용할 수 있는 것은 추리소설뿐이에요."

쿄코 씨는 딱 잘라 단언하더니 "시각을 달리해서 보면."이라고 말을 이었다.

"추리소설이라는 건 모두 서술 트릭이기도 한 셈이에요. 극단적으로 말해 추리소설인 이상 서술 트릭을 사용하지 않을 수 없어요. 모름지기 추리소설은 서술 트릭이어야 마땅한 거예요."

알리바이 공작도, 밀실도, 암호 제작도, 후더닛whodunnit도, 하우더닛howdunnit도, 다잉 메시지도, 미싱 링크도, 교환 살인도, 토막 살인도, 퀴 보노도 추리소설에 쓰일 때는 대체로 서술 트릭임을 전제로 해요, 라는 말에 후지무라 경부는,

"그, 그 정도로 근원적인 트릭입니까?"

하며 긴장했다.

하지만,

"근원적이라고 하니 다소 거창하네요."

그렇지 않아요, 라며 쿄코 씨는 어깨를 으쓱했다.

한 방 먹은 듯한 기분이다.

"그야, 바꿔 말해서 서술 트릭이란 추리소설에서밖에 쓸 수 없는 트릭이니까요."

"네?"

"밀실 트릭은 추리 작가에 의한 망상의 산물이며 현실에서는 일어날 수 없다, 라는 의미의 발언이 아니에요. 제아무리 미스터리 마니아일지라도, 현실과 추리소설을 구별할 수 없게 되어 범행에 이르렀다 해도 서술 트릭을 현실 세계에서 재현하는 일은 불가능해요. 그도 그럴 것이 서술 트릭은 범인이 쓰는 트릭이 아니라 작가가 쓰는 트릭이니까요."

그러니까.

하고 쿄코 씨는 일단 말을 끊더니, 맞은편에 앉은 후지무라 경

부에게 상냥히 들려주듯이 말했다.

"범인이 서술 트릭을 써서 피해자를 살해했다는 건 있을 수 없어요."

2

시민의 안전을 지키고 사회 질서를 유지하는 경찰로서는 있을 수 없는 일이지만, 놀랍게도 후지무라 경부는 지금까지 추리 소설을 읽어 본 적이 없었다. 따라서 '명탐정'에 대한 이미지도 사냥 모자에 담배 파이프를 물고 인버네스 코트를 입은 장신의 남자라는 식의 고전적인 스테레오 타입에 머물러 있었다. 그런 이유로, 선배 형사의 연줄을 타고 서₩에 초빙한 '가장 빠른 탐정이자 망각 탐정'의 현대적인 차림새를 보고 놀라움을 금할 수 없었다.

나타난 사람은 완벽한 백발의 헤어와 컬러를 맞춘 모피 모자에 기장이 긴 더플코트를 입고, 두 손을 폭신폭신한 머프 속에 넣은 작은 체구의 안경 낀 여성이었다.

"처음 뵙겠습니다, 오키테가미 탐정 사무소의 소장인 오키테가미 쿄코입니다. 이번 일로 찾아 주셔서 정말 감사합니다. 어떤 의뢰 내용이든 하루 만에 잊을 테니 무엇이든 상담해 주세요."

그렇게 말하고 그녀는 깊숙이 고개를 숙였다. 그 자세에서도 모자가 떨어지지 않는 이유는 핀이나 무언가로 고정했기 때문인가, 라고 후지무라 경부는 아무래도 좋은 생각을 했다.

어쨌든, 그런 것이다.

아니, 모자 말고 기억 말이다.

잠을 자면 기억이 리셋되어 어떤 의뢰를 받고 어떤 사건을 수사했는지 깨끗이 망각한다. 탐정으로서 그 이상의 비밀 엄수는 없는 셈인데, 바로 그런 그녀이기 때문에 민간인임에도 공적 기관인 경찰로부터 전국적으로 수사 협력 요청을 받고 있는 것이다.

"하지만 그러면 자신이 누구인지 알 수 없게 되거나 하지 않습니까?"

이번이 그녀와의 첫 수사인 후지무라 경부는 품었던 의문을 그대로 던져 보았다. 두 번째든 세 번째든, 여러 번 수사를 함께하여 그녀를 후지무라 경부에게 소개해 준 선배든, 일을 할 때마다 '처음 뵙겠습니다'가 되어 버리는 그녀에 대한 당연한 의문이기는 했으나,

"걱정 마세요, 바로 이렇게 해 뒀거든요."

하며 쿄코 씨는 왼팔 소매를 걷어 올렸다.

그곳에는 매직으로 '나는 오키테가미 쿄코. 25세. 탐정. 기억이 하루 만에 리셋된다'라고 쓰여 있었다. 최소한의 프로필. 과연, 오키테가미 쿄코의 비망록인 모양이다.

"그런데, 용건은 어떤 것이죠?"

인사도 자기소개도 하는 둥 마는 둥, 쿄코 씨는 재깍재깍 업무 모드에 들어갔다. 기억을 하루 만에 잃는 망각 탐정의 시스템상 일분일초도 헛되이 할 수가 없으리라.

망각 탐정을 만나기까지 탐정에 익숙지 않았던 몸으로서는 좀 더 신중하게 서로의 거리감을 가늠하고 싶었으나, 아무래도 그럴 여유는 없는 듯했다. 그런 이유로 후지무라 경부는 쿄코 씨를 취조실로 안내했다.

"사건이 일어난 곳은 어느 합숙소입니다."

"어떤 곳이죠?"

우선은 대충 개요를 설명하려고 했지만 쿄코 씨는 세부를 캐물었다. 탐정 스타일인 걸까, 하고 서로 입장 차이를 느끼면서 "고바츠지마劫罰島의 토리카와소鳥川荘라는 합숙소입니다만." 하고 정보를 덧붙였다.

"고바츠지마*… 어쩐지 요코미조 세이시*의 소설에라도 나올 법한 으스스한 명칭이네요. 그에 비해 토리카와라는 건, 갭이 있어요."

그렇게 코멘트하고 쿄코 씨는 "계속해 주세요."라고 후지무라

※고바츠지마 : 고바츠(劫罰), 겁벌. 즉 지옥의 영원한 형벌이라는 이름을 가진 섬이라는 의미.
※요코미조 세이시(橫溝正史) : 일본의 소설가로 풍토와 토착성을 기반으로 한 추리소설로 명성을 얻었다.「혼진 살인사건」,「팔묘촌」등의 소설이 있다.

경부를 재촉했다. 그런데 요코미조 세이시란 누구일까? 그런 이름의, 알 만한 사람은 다 아는 추리 작가가 있는 걸까.

"피해자는 겨울방학을 이용하여 그 갭이 있는 토리카와소에서 합숙 중이던 대학 동아리의 멤버 중 한 명입니다. 당시 토리카와소에는 각기 다른 대학의 두 동아리가 숙박 중이었습니다만… 글로 쓰는 게 빠르겠군요."

아무래도 쿄코 씨는 자세한 정보를 원하는 것 같으므로, 센스를 발휘하여 후지무라 경부는 리포트 용지 같은 데다 사건 관계자의 이름을 적으려고 했지만 "이크, 잠시만요." 하며 만년필을 꺼낸 순간 제지당했다.

"서면에 기록을 남기는 것은 망각 탐정의 방식에 위배돼요. 그러니 혹시 쓰실 거면 부디 여기에 부탁드려요."

그렇게 말하고 쿄코 씨는 조금 전과는 반대로 오른팔 소매를 걷어 올려 후지무라 경부에게 내밀었다. 아무래도 거기에 쓰라는 말인 것 같다.

타인의 몸에 글씨를 쓸 기회는 지금까지 인생을 살면서 추리소설을 읽을 기회만큼이나 없었던 것이지만, 본인이 '부디'라고 하면 고사할 수도 없다. 취조실이라는 홈그라운드 중의 홈그라운드에서 대화하고 있음에도 후지무라 경부는 어쩐지 완전히 페이스를 장악당한 기분이었다.

그 부분에 있어서도 가장 빠른 것일까.

단, 역시 만년필은 끝이 너무 날카로울 테니 배려 차원에서 후지무라 경부는 일단 방을 나와 자신의 책상에서 사인펜을 가지고 왔다.

그리고 갖고 있는 수첩과 대조해 가며 쿄코 씨의 아래팔에 다음과 같이 썼다.

카시자카樫坂 대학교 추리소설 연구회
치라 하쿠조千良拍三
비죠기 나오카美女木直香
오비타다타 요시노夥田芳野
오스미 마미코大隅真実子
이시바야시 나리토시石林済利

스즈카寿々花 대학교 경음악부
유키이 미와雪井美和
사토나카 닌타로里中任太郎
에키하라 카에데益原楓
코로카제 케이殺風景
코다마 유키치児玉融吉

"흐음."

후지무라 경부가 다 썼음을 알아차리고 쿄코 씨는 팔을 끌어 당긴 후 뒤집어서 한 글자 한 구절을 확인하듯이 했다.

"등장인물 소개표네요. 추리소설과는 떼려야 뗄 수 없는 것이 죠."

"네."

후지무라 경부에게는 관계자 리스트지만.

뭐, 그게 그건가.

게다가 후지무라 경부는 '추리소설'에 대해 묻고 싶어 쿄코 씨를 부른 것이다. 왜냐하면 사건의 피해자가 추리소설 연구회의 멤버 중에 있으니까.

"피해자는 치라 하쿠조 군, 씨입니다."

무심코 '군'을 붙여 불렀지만, 그러고 보니 학생이지만 치라 하쿠조는 다 큰 어른이라 자신과 나이 차가 그리 많이 나는 것 도 아니므로 호칭을 바꿨다.

"동아리의 부장이었다고 합니다. 이 여행도 그의 주도로 이루 어진 모양인데 숙박 이틀째 되던 날 12시가 지났을 무렵, 누군 가로부터 머리를 세게 얻어맞아 혼절했습니다. 흉기는 그랜드 피아노입니다."

"네?"

또다시 반문이 돌아왔다.

아니, 이 부분은 망각 탐정의 방식이 아니어도 반문할 대목이리라. 이것은 흘려들을 수 있다면 조금 문제가 있는, 언론에서도 크게 다루어진 주지의 사실인데, 하루마다 기억이 리셋되는 망각 탐정으로서는 금시초문인 뉴스이기 때문이다.

"흉기는 그랜드 피아노입니다."

후지무라 경부는 거듭 말했다. 또박또박 발음했다.

"그랜드 피아노로 머리를 쾅 후려친 후, 쓰러진 치라 씨의 몸을 그 밑에 깔고 뭉개 버렸습니다. 현장은 참 이상한 상황이었죠."

너무 사적인 생각을 끼워 넣어도 곤란하다고 생각하면서도 후지무라 경부는 그만 개인적인 감상을 말하고 말았다. 하지만 그것은 수사 관계자의 공통된 견해이기도 하다. 인간이 그랜드 피아노 밑에 깔리는 상황이라는 건 상상을 초월한다.

"추측하건대, 초인 헐크 같은 천하장사가 그랜드 피아노를 들어 올려 치라 씨의 머리를 후려치고, 이어서 쓰러진 치라 씨 위에 메어친 것일까요."

쿄코 씨는 혼잣말처럼 그렇게 말했지만 설마 진지하게 한 말은 아닐 것이다. 하지만 그렇게 생각할 수밖에 없을 만큼 색다른 흉기이다.

보통 그랜드 피아노를 흉기로는 쓰지 않는다.

들어 올릴 생각도 하지 않으리라.

어떤 수단을 썼든지 간에 흉기로서는 너무도 비상식적이다.

"그건 그렇고, 그 그랜드 피아노는 무게가 어느 정도였나요?"

"약 3백 킬로그램일 겁니다."

"…합숙소에는, 역도부도 숙박 중이셨나요?"

어디까지 진심인지 알 수 없는 쿄코 씨의 질문에 후지무라 경부는 "아니요, 당일 숙박 중이었던 동아리는 추리소설 연구회와 경음악부, 두 동아리뿐입니다."라고 대답했다.

"토리카와소는 주로 음악 관계자가 숙박할 때가 많은 시설이었던 듯, 스튜디오가 병설되어 있고 악기 대여 등도 이루어졌던 것 같습니다. 흉기가 된 그랜드 피아노도 비품이었다고 하더군요."

"흐음. 그렇게 되면 다른 의문도 생기네요. 경음악부는 그렇다 쳐도, 추리소설 연구회 분들은 어째서 토리카와소에 숙박 중이었던 거죠?"

"딱히 음악을 취미로 하지 않으면 숙박할 수 없는 숙소도 아니니까요…. 저도, 멤버들에게 같은 질문을 던져 보았습니다만 '우리들의 활동은 어디서든 가능하므로 장소는 어디라도 좋았다'라고 했습니다."

그럼 애당초 왜 합숙을 했느냐 하는 건 촌스러운 질문이리라. 그들은 대학생이다. 여행을 떠나는 것은 마치 의무와도 같다. 그것이 비극을 초래한 형태지만.

"10년 전 추리소설에서는 단골 소재였죠. 미스터리 동아리가 합숙을 떠났다가 비극을 겪는다는 건."

어느 시기부터인가 기억이 갱신되지 않고 있다는 쿄코 씨가 '10년 전'이라고 했으니 그것은 20년도 더 전의 동향이리라. 소양이 없는 후지무라 경부로서는 애초에 그런 동아리가 있다는 것 자체를 몰랐지만. '활동은 어디서든 가능하다'라고 하는데, 어떤 활동을 하는 단체인지 아무리 이야기를 들어도 전혀 그 전모를 파악할 수가 없다. 연구회? 무엇을 연구하는 거지? 인연이 없었다는 의미에서는 매한가지지만 그나마 연주에 매진하는 경음악부가 이해하기는 쉬웠다.

"그런데 그 경음악부 분들 입장에서는 '음악 합숙소'에 악기도 못 다루는 놈들이 무슨 볼일이냐는 식으로 생각했을지도 모르겠네요."

쿄코 씨가 잡담을 하듯 말해서 후지무라 경부도 아무 생각 없이 "그러게 말입니다."라고 수긍했는데, 그것은 경솔한 행동이었다. 쿄코 씨는 아마 사건을 동기 면에서 살펴보려고 한 것일 테니까.

입을 잘못 놀렸다.

취조실에서 입을 잘못 놀리다니, 대체 어떻게 된 경부인지.

따라서,

"두 동아리 사이에 험악한 기운이 감돌았던 것은 확실한 듯합니다. 그것이 사건의 배경이 되었다고까지는 아직 말할 수 없지만."

하고 다시 대답했다.

"흉기가 건반 악기였다는 이유로 경음악부가 의심스럽다고 할 수도 없습니다. 경음악부이기 때문에 악기를 흉기로는 선택하지 않을 거라는 식으로도 말할 수 있으니까요."

"뭐, 피아노를 흉기로 쓴 이유는 그 방법을 생각하면 명백하겠죠."

그 역시 무게감이 결여된 잡담 같은 톤이라 또다시 "그러게 말입니다."라고 말할 뻔한 후지무라 경부였으나… 뭐? 사용한 이유와, 그 방법이 명백?

어디가?

"아니, 그러니까 흉기가 그랜드 피아노였던 이유와 그 방법이오. 엄밀히 말하자면 이유는 두 가지를 생각할 수 있지만, 세 가지는 안 되겠죠. 하지만…."

하더니 쿄코 씨는 능청스러운 얼굴로 말한다. 말해 버린다. 그 기묘한 현장을 기묘하게 만든 흉기를 옆으로 싹 치워 둔다.

"…이번에 제가 부름을 받은 것은 불가해한 범행 수단을 해명하기 위함이 아니었죠. 전화로는 그런 식으로 들었어요. '어떤 트릭'에 대해 해설해 주었으면 한다는 게 주된 이유였던 걸로 기억하는데요."

망각 탐정이 기억에 대해서 말하는 건 꽤 위화감이 있지만, 리셋되기 전, 즉 하루 이내의 기억력이라면 그녀는 일반인을 훨씬 능가하는 모양이다. 그렇다면 '등장인물 소개표'는 없어도 되었을지도 모른다.

그런 생각을 하면서,

"네. 서술 트릭을 듣고 싶습니다."

하며 후지무라 경부는 본론으로 들어갔다. 추리소설을 접해 오지 않은 그에게 있어 본론이며, 가장 어려운 문제이다.

"쿄코 씨. 서술 트릭이라는 것은 어떤 트릭입니까?"

3

피해자인 치라 하쿠조는 그랜드 피아노에 짓눌린 상태로, 더군다나 자신의 휴대전화를 움켜쥔 상태로 발견되었다.

"이것이 그 휴대전화입니다."

라며 후지무라 경부는 문제의 스마트폰을 책상 위에 놓았다. 쿄코 씨는 그것을 집어 들지는 않았다. 이미 지문 채취가 끝났지만, 섣불리 맨손으로 증거품을 만지지 않는다는 점에서 프로 탐정답다.

물론 후지무라 경부 역시 손에 끼고 터치 패널을 조작할 수 있는 장갑을 이미 착용 중이다. 스마트폰도 새로 충전해 두었다.

"화면은 발견 당시와 같은가요?"

쿄코 씨는 책상 위의 스마트폰에 얼굴을 가까이 하고 물끄러미 바라보면서 그렇게 물었다.

"네, 그렇습니다. 그 상태로 움켜쥐고 있었습니다."

화면에는 어떤 책의 표지가 보였다.

『XYZ의 비극·키시자와 사다쿠니岸沢定国』.

배경화면이 아니다.

전자책 열람 앱이 켜져 있었다. 손가락으로 슬라이드하면 다음은 목차가 표시될 것이다.

"과연. 전자책인가요. 제가 모르는 사이에 완전히 보급된 모양이네요. 정확하게는 제가 잊고 있는 동안이지만요."

신기한 듯 말하는 쿄코 씨.

어쩌면 전자책뿐만 아니라 스마트폰 그 자체가 그녀에게는 '새로운' 것인지도 모른다.

단, 그녀는 후지무라 경부와 달리 『XYZ의 비극』이라는 책 그 자체는 알고 있었다.

"버블 경제기에 발표된 키시자와 사다쿠니의 대표작이에요. 제목은 꼭 엘러리 퀸 소설의 패러디 같지만 내용은 꽤 길어서 상하권 합쳐 천 페이지를 넘었어요. 갖고 다니기도 힘들었죠."

그것을 이제는 휴대전화 속에 넣을 수 있으니 좋은 시대가 되었네요, 라고 쿄코 씨는 말했다.

"참고로 작가 키시자와 선생님으로 말할 것 같으면 스나가 히루베에須永昼兵衛와 쌍벽을 이루는 추리소설계의 거장이에요. 제

세대에서 안 읽어 본 사람은 없어요."

내버려 두면 강의를 계속할 것 같다. 아니, 물론 그 강의를 듣기 위해 와 주십사 청한 것이지만, 그 부분의 사정에 대해서는 추리소설 연구회 사람들에게 이미 들었다. 배가 부르도록 들었다.

"그런가요? 정말 든든하네요. 지금도 누군가가 그 명작을 계속 읽고 있다니. 게다가 전자책으로 발행되어 계속 읽고 있다니. 잘된 일이에요."

쿄코 씨는 기뻐 보였지만, 피해자의 동료로부터 "그 명작'을 읽지 않았을 뿐만 아니라 제목조차 모르다니 믿을 수 없다'라는 규탄조의 말을 들은 후지무라 경부로서는 착잡했다. 쿄코 씨는 '제 세대에서 안 읽어 본 사람은 없어요'라고 했지만, 아무리 생각해도 분명 안 읽어 본 사람이 더 많을 것 같은데.

엘러리 퀸?

퀸이라면 여류작가일 것 같긴 한데 그 정도밖에 모르겠다. 스나가 히루베에라는 작가명은 일전에 뉴스에서 보았지만 그 역시 어떤 책을 썼는지까지는 짐작이 안 간다.

뭐, 동아리 사람들도 후지무라 경부의 무지를 진심으로 비난한 것은 아니리라. 동료가 비극에 희생된 슬픔을 그런 형태로 발산하는 수밖에 없었을 게 틀림없다.

어쨌거나, 하며 후지무라 경부는 이야기를 이어 나간다.

"그들의 말에 따르면 『XYZ의 비극』은 서술 트릭의 명작이라고 합니다. 피해자는 그 서적을 휴대전화 화면에 띄운 상태로 움켜쥐고 있었다. 따라서 이것은 이른바 다, 다, 다이….."

"다잉 메시지로군요."

후지무라 경부가 말을 더듬자 쿄코 씨가 앞질러서 말했다.

"죽은 자로부터의 전언. 위대한 엘러리 퀸이 고안했다고 일컬어지는 미스터리의 테마 중 하나예요."

엘러리 퀸은 위대한가.

여왕이라는 이름에 부끄럽지 않은 인물인 모양이다.

그, 다잉 메시지가 어떤 것인지 역시 추리소설 연구회의 멤버가 가르쳐 주었다.

"피해자가 죽는 순간 남기는 범인에 대한 단서… '누구누구에 의해 죽었다'라고 직접적으로 써서 남기면 눈치를 챈 범인이 지워 버릴지도 모르니 암호 같은 내용이 되네 어쩌네… 하는 것이죠?"

"네. 대충 그렇게 이해하시면 될 거예요."

그렇다.

그것은 알겠다. 알기 쉬웠다. 피해자가 범인에게 원망의 말을 써서 남긴다는 것은 뭐, 실제로 있는지 어떤지는 둘째 치고 (적어도 후지무라 경부는 지금까지 그런 사안을 조우한 적이 없다), 있어도 그렇게까지 이상하지는 않은 일이다. 죽는 순간에는 머리가 잘 돌아가지 않아 수수께끼 같은 문장이 된다는 것도, 마찬가지로.

그런데 서술 트릭이란 뭐지.

서술?

"동아리 멤버의 말에 따르면 피해자 치라 씨는 작가 키시자와 사다쿠니의 굉장한 팬으로 모든 저서를 완벽하게 암기했다고 큰소리까지 쳤답니다. 그중에서도 『XYZ의 비극』은 그에게 있어 서술 트릭의 대명사이기도 했다는군요. 그러니 그것을 움켜쥐고 있었다면 그랜드 피아노로 가격하고 짓뭉갠 범행에는 어떤 서술 트릭이 관련되어 있는 게 아닌가 싶어서요."

"동아리 멤버가 그렇게 말했나요?"

"아… 아니요, 거기까지는."

그 부분은 후지무라 경부가 멋대로 그렇게 생각했을 뿐이다. 따라서 서술 트릭 강의를 듣고자 소문의 '명탐정'에게 연락을 취한 것이다. 그런데 아무래도 그건 괜한 설레발이었던 듯하다.

서술 트릭은 후지무라 경부가 생각했던 것 같은, 이를테면 그랜드 피아노를 들어 올리는 것 같은 트릭이 아닌 모양이다.

특이하고도 특유한 트릭.

범인이 피해자나 수사 기관을 상대로 행사하는 트릭이 아니라 작가가 독자에게 행사하는 트릭.

추리소설에서밖에 쓰이지 않는, 혹은 모든 추리소설에서 쓰이고 있는 트릭. 쿄코 씨는 그런 식으로 말했지만, 그럼에도 후지무라 경부로서는 아직 딱 감이 오지 않았다.

"…그런데 쿄코 씨는 이미 그랜드 피아노가 흉기로 쓰인 이유를 알고 계신 거죠?"

"먼저 안 것은 방법이에요. 방법을 알면 이유도 짐작할 수 있어요."

"그것은 서술 트릭과 관련이 없다?"

끈질기게도 자기 의견을 고집해 보았으나 쿄코 씨는 "네, 관련 없어요."라고 웃는 얼굴로 단언했다. 후지무라 경부는 속으로 으음, 하고 생각했다.

설레발을 치며 의뢰했지만 탐정 입장에서는 헛걸음을 친 모양새다. 뭐라고 사과를 드리면 좋을지 모르겠다.

아무래도 초보적인 착각인 것 같으니 동료에게 질문했다거나, 동아리 멤버의 프레젠테이션을 더 제대로 들었더라면 알 수 있었던 사실이겠지만. 그래도 뜻밖의 수확이라고 할까, 기묘한 사건의 진상은 판명이 난 것 같은데.

"진상이라고까지는 말할 수 없어요. 트릭 규명이 범인 특정으로 이어지는 케이스도 있지만 이번에는 그렇지 않은 것 같아요. 그랜드 피아노로 피해자를 해치는 건 누구라도 할 수 있는 범행이었어요."

"누, 누구라도요?"

"네. 역도부가 아니어도, 마음만 먹으면 저라도 할 수 있어요."

표표하게 그런 소리를 한다.

쿄코 씨라도?

열 명의 이름을 쓰는 것이 고작인 그런 가는 팔로 3백 킬로그램의 그랜드 피아노를?

"물론 후지무라 경부님도 가능해요."

"네, 네…."

그야 쿄코 씨가 할 수 있다면 후지무라 경부가 못 할 리 없겠지만, 설령 할 수 있다고 해도 할지 어떨지는 또 다른 문제이다. 어떤 이유가 있으면 사람이 피아노로 사람을 가격하려고 할까?

"흐음. 그럼 그렇게 거드름 피울 만큼 대단한 트릭도 아니니 먼저 그 수수께끼 풀이부터 끝내 버릴까요?"

"네?"

다이내믹하다고밖에 말할 수 없는 현장에 내려진 '대단한 트릭이 아니다'라는 쿄코 씨의 평가에도 놀랐지만, '먼저'라는 순서에도 놀랐다. '나중'에는 무슨 수수께끼 풀이를 할 작정이지?

다잉 메시지?

범인 맞히기?

아니면… 서술 트릭?

"안심하세요. 오키테가미 탐정 사무소는 전부 일괄로 처리하거든요. 패키지 요금에 관해서는 마지막에 이야기하게 해 주세요."

넌지시 추가요금에 대해 귀띔한 뒤, 망각 탐정은 "그럼." 하고 운을 떼었다.

4

"상식적으로 생각해서 피아노로, 그것도 그랜드 피아노로 사람을, 그것도 사람의 머리를 가격한다는 것은 불가능해요. 3백 킬로그램이나 되는 중량과 품 안에 다 들어가지 않는 사이즈의 물체를 성인 남성의 두부 높이까지 들어 올린다는 것은 역도부가 아니면 할 수 없어요."

왠지 쿄코 씨는 역도부에 대한 신뢰가 두터운 듯 했지만(근육을 좋아하는 걸까?), 실제로는 역도부라도 무리일 것이다. 역기와 달리 그랜드 피아노는 인간이 혼자서 들어 올릴 만한 형상이아니다.

머리 높이까지 들어 올리려면 설령 피해자 이외의 전원이 결탁해서 아홉 명이 달라붙는다 해도 무리일 것이다.

"그래서 상처나 두개골의 함몰 상태로 그랜드 피아노가 흉기임을 확신할 수 있었다 해도 보통 그것이 들어 올려졌다고는 생각하지 않아요. 피해자의 머리를 잡고 바닥에 고정된 그랜드 피아노의 모서리나 어디에 힘껏 박았다고 해석하겠죠. **그런데** 발견자와 현장 수사관이 그렇게 생각하지 않은 건 왜인가. 그건 발견 당시 피해자의 상태에서 기인한 것으로 추측돼요."

"발견 당시의 상태…라 함은?"

"즉, 그랜드 피아노에 **깔린** 채 **짓눌린** 상태, 말이에요. 방법이 어쨌든 간에, 범인은 그랜드 피아노를 실제로 움직였어요. 그뿐만 아니라 엎어진 피해자의 몸에 메어쳤죠. 그런 기묘한 현장 상황을 목격하면 '범인은 그랜드 피아노를 들어 올릴 수 있는 괴력의 소유자다'라는 인상이 각인될지도 모르겠네요."

쿡, 웃고 쿄코 씨는 "실례."라고 말했다. 불경하다고 생각했는지도 모른다.

그래도 '괴력의 소유자'라고까지는 생각하지 않겠지만, 확실히 어떻게든 해서 그랜드 피아노를 들어 올릴 기술을 보유한 인물이라고는 생각할 것이다.

따라서.

머리를 가격한 것도 마찬가지로 그랜드 피아노를 안아 올려서 한 행동이라고 추론하게 된다. 그러나 현장을 누가 목격한 것은 아니다(목격했다면 그 시점에서 범인이 특정 지어졌으리라).

"즉, 머리의 상처는 피아노가 들이박아 생긴 것이 아니라 피아노를 들이박아 생긴 것이라는 말씀입니까?"

"그야 달리 생각할 수가 없잖아요."

그렇게까지 딱 잘라 말하니 과연 달리 생각할 수가 없다. 너무 당연해서 부끄러워진다.

"'머리의 상처'와 '깔린 것'을 따로따로 해석해야 되는 거예요. 그렇게 하면 초인 헐크에게 살인자라는 오명을 씌우지 않아도 되잖아요?"

딱히 초인 헐크를 의심하지는 않았는데.

게다가.

"그 역시 혼절한 피해자를 그랜드 피아노 밑에 '깔기' 위해서는 결국 들어 올려야만 하는 것 아닌가요?"

그 경우 또한 아홉 명이 달라붙어도 불가능하다.

피해자가 바닥에 쓰러져 있다 하더라도 그를 짓뭉개기 위해서는 피아노를 뒤집지 않으면 안 되기 때문이다. 그도 그럴 것이 그랜드 피아노이다.

하반부는 숭숭 뚫려 있다.

위아래를 거꾸로 하여 피아노 뚜껑이라고 할까, 지붕 쪽으로 짓뭉개지 않으면 안 된다. 딱히 안 되는 건 아니지만.

혹시 짓뭉갤 필요가 있었던 걸까?

이유….

"범인으로서는 필요와 이유가 있었어요. 단, 그것을 위해서는 그랜드 피아노를 들어 올릴 것까지도 없어요. 왜냐하면 흉기는, 악기니까요."

라고 말하는 쿄코 씨.

"분해할 수 있거든요."

"앗…."

"최대한 분해하고, 이번에는 피해자의 몸 위에서 그걸 위아래 거꾸로 조립하면 돼요. 이 방법이라면 혼자서도, 들어 올리지 않더라도 피해자를 그랜드 피아노 밑에 '까는 것'이 가능하겠죠."

"……."

가능하다. 아니, 가능한가?

추리소설에 비하면 낫지만 음악에도 빠삭하다고는 할 수 없는 후지무라이기에 피아노를 분해한다는 발상 자체를 하지 않았는데… 뭐, 그야, 뭐라 해도 거대한 나무 기둥을 파내어 그 모양을 조각한 건 아니리라. 건반이든 현이든 별개의 부품이다.

프라모델처럼 따로따로 해체하거나 다시 조립하는 것이 이론상으로는 가능하리라. 하지만 프라모델과 달리 그랜드 피아노는 결코 플라스틱으로 된 것이 아니다.

드라이버로 따로따로 해체하는 데도 한계가 있을 테고, 예컨대 지붕 같은 건 역시 혼자 들어 올리기에는 그래도 무겁지 않을까? 게다가 거꾸로 조립한다는 것만 해도 순서가 꼬여서 어려울 것 같은데, 하물며 그 작업을 '깔개'치고는 심하게 울퉁불퉁한 인간의 몸 위에서 하다니….

"어머나. 드라이버뿐만 아니라 니퍼도 쓰면 되죠."

"니, 니퍼?"

"뭐, 니퍼라는 건 물론 프라모델이라고 했을 때의 비유지만. 즉, 쇠지레니 쇠망치니 하는 것이려나요. 그렇게 원래대로 조립하지 않아도 돼요. 어차피 그랜드 피아노는 '쓰러진 피해자의 몸 위에 메어쳐진' 것이니까. 깨지거나 부서져도 돼요. 지붕이 깨져도 되고, 틀이 부서져도 되죠. 복구하기 힘든 부분은 해체된 채 두면 되고. 그러는 편이 리얼리티가 배어날 거예요. 거대하고 육중한 피아노를 들어 올렸다는 황당무계한 리얼리티가."

그랜드 피아노가 비치된 방이 사건 현장이라면 당연히 방음일 테니 시간을 들여 가며 편하게 작업할 수 있을 테고 말이죠.

쿄코 씨의 그 말에 후지무라 경부는 "으음." 하고 신음했다. 현장 사진도 보지 않고 거기까지 추리를 전개하면 자신이 설 자리가 없다는 것이 솔직한 심정이었지만, 확실히 사건이 일어난 곳은 밀폐된 스튜디오였고, 피해자를 짓누른 피아노는 결코 원형을 유지하고 있지 않았다.

천리안인가, 이 사람.

아니면 이것이 '명탐정'인가.

다만, 그럼에도 그 이야기가 정말 의문의 여지없이 납득되었는가 하면 그렇지도 않다. 실제로 그런 작업이 이루어졌는지 어떤지는 검증하면 바로 밝혀지겠지만, 중요한 건 **어째서** 범인은 그런 상상을 초월하는 중노동을 했는가 하는 점이다.

그 점을 납득시켜 주지 않으면 '일본 국민 전원에게서 1엔씩 받으면 1억 엔을 벌 수 있어요'라는 주장과 별반 다르지 않은, 탁상공론이 된다.

"탐정의 추리는 기본적으로 탁상 추리인걸요."

쿄코 씨는 그야말로 아직 테이블 위에 있는 피해자의 스마트 폰으로 순간 시선을 떨어뜨리더니,

"문제없어요, 해결은 따 놓은 단상…이 아니라 당상이에요. 저는 이유도 알고 있다고 말씀드렸어요. 제가 기억하는 한 저는 거짓말을 한 적이 한 번도 없어요."

그것은 오늘은 아직 거짓말을 하지 않았다는 의미로밖에 받아들일 수 없었지만, 그녀는 방법을 알면 이유도 알 수 있다고 말했다. 이유는 두 가지, 생각할 수 있다고.

"심플한 추리소설의 이론이에요. 불가능 범죄를 저지르는 이 유는 불가능하다고 여기게 만들기 위함이라는 이론. 우연이나 실수가 거듭되어 어쩌다 불가능 범죄가 성립되는 케이스도 많 이 있지만 그런 건 미스터리로서 아름답지 않아요."

그것은 개인적인 취향이 아닐지….

하지만 반론하지 않고 후지무라 경부는 말없이 명탐정의 고견 을 경청한다.

"즉, 이 경우에는 '그랜드 피아노를 들어 올릴 수 있는 사람'

이 용의자로 유추되도록 범행 현장에 공작을 가함으로써 용의선
상 밖으로 벗어나고자 한, 완력이 없는 범인상이 상정되겠네요.
가령, 제 희고 가는 팔로는 그랜드 피아노는커녕 전자 피아노
조차 들어 올릴 수 없으니, 제가 범인이라고는 아무도 생각하지
않겠죠?"

"과연… 즉, 범인은 두 동아리 중 한 곳에 속한 여성 멤버…."

말하다 말고 "잠깐만요."라며 다시 생각한다.

그랜드 피아노를 들어 올리는 일은 건장한 성인 남성이라도
무리라는 것이 전제였지 않은가. 본인뿐만 아니라 전원이 용의
선상 밖으로 나가게 된다.

그건 그것대로 효과가 없는 것이 아니고, 동료들도 함께 용의
선상 밖으로 내보내고자 했다면 감탄스럽기까지 하지만….

"뭐, 자신이 용의자가 되지 않는 것에만 신경이 쏠려 거기까
지는 머리가 돌아가지 않았겠죠. 때마침 역도부가 숙박 중이지
는 않았기에 전원이 용의자에서 벗어나 불가능 상황이 연출되고
만 거예요."

모질게 말하는 쿄코 씨.

"…그, 그건 그야말로, 조금 전 말씀하신 우연이나 실수로 불
가능 범죄가 되어 버린 케이스 아닙니까?"

"이것은 추리소설이 아니라 현실이니까요."

쓴웃음과 함께 쿄코 씨는 손바닥을 훌떡 뒤집었다. 실제로 그

동작을 했다.

"더불어, 상정되는 이유의 또 다른 하나란 '범인은 여성 멤버 또는 힘없는 남성 멤버'라고 **생각하게 만들려 했다**는 것이에요."

"그렇게 함으로써 자신이 용의선상 밖으로 나가려 했다는 겁니까."

요컨대 그런 공작을 한 이상, 완력이 없는 사람을 범인으로 추리하게끔 유도하려 했다. 그 경우에는 트릭이 들통날 것이 미리 계산된 셈이겠지만, 역시 같은 문제가 남는다.

그랜드 피아노를 들어 올리는 일은 아무도 할 수 없으니까.

"어쨌든 범인의 노림수는 빗나갔군요. 의미가 없었다고는 못 해도 예상했던 대로는 되지 않았어요."

"아까 세 가지는 안 될 거라고 단언했지만, 철저히 따져 보자면 또 한 가지, 패턴은 있어요."

말하고 쿄코 씨는 손가락 하나를 세웠다.

손 제스처가 많은 사람이다.

해외에서 생활하던 시기라도 있는 것일까? 있다 해도 그 역시 잊었을까.

"세 번째 이유… 어떤 패턴입니까?"

"'생각나서 해 버렸다'라는 패턴이에요. 패턴 외라고 할까요, 이유 없음이라는 이유죠."

이유 없음. 패턴 외.

어쩐지 '짜증 나서 했다'에 가까운 뉘앙스인데. 요컨대 '그랜드 피아노를 흉기로 쓰는 트릭이 생각나서 손익 안 따지고 해 보았다'라는 것인가?

"바로 그거예요. 다만, 추리소설 속에서는 마지막 동기라고 생각해 주세요."

"어… 그렇지만 현실에는 꽤 있잖습니까. 동기 없는 살인이라든지, 목적이 분명치 않은 범행이라든지…."

"현실은 그래도 상관없고 저는 마음의 어둠을 부정하는 사람이 아니지만, '왜 이렇게 손이 많이 가는 별난 방법으로 죽였는가'라는 점은 추리소설의 핵심이니, '생각나서 해 버렸다'라는 건 작가의 태만이라는 비난을 면치 못하겠죠."

마니아의 눈은 너무도 엄격하다.

후지무라 경부가 조금 아연해진 것을 감지한 듯 "최신 행동경제학에 의하면 인간은 꼭 합리적인 행동만 취하는 것이 아니지만요." 하고 쿄코 씨는 교묘하게 말을 바꾸었다.

최신이라는 것은 20년 전 지식 혹은 오늘 아침에 습득한 지식, 둘 중 하나이리라.

"어느 쪽이든 어느 한쪽의 이유로 범인은 그랜드 피아노를 범행에 이용했다고 생각해요. 어쩌면 제가 생각한 것과 다른 방법으로 했을지도 모르지만, 그렇다 해도 큰 차이는 없어요. 중요한 것은 이게 불가능 범죄가 아니라 가능 범죄라는 점이니까."

"뭐, 그렇게 되겠죠… 방법이 하나라도 있으면 어떻게든 가능했다는 뜻일 테니까…."

"따라서 범행 방법으로 범인을 특정 짓는 것은 싹 포기하고, 이어서 다잉 메시지 검증에 들어갈까요."

서술 트릭이죠.

쿄코 씨는 순간 근심 가득한 표정을 지었다.

그랜드 피아노 트릭 따위보다 그 강의가 훨씬 어려운 문제라는 듯이.

5

"후지무라 경부님. 뻔뻔스러운 부탁이지만 그 장갑을 빌려도 될까요?"

"네? 상관없는데… 왜 그러시죠?"

"일단 후지무라 경부님이 원하시는 대로 서술 트릭이란 무엇인지를 설명해 드릴 생각인데, 동시에 그 스마트폰으로 『XYZ의 비극』을 읽을까 해서요."

실은 안 읽어 봤거든요, 라고 쿄코 씨는 말했다.

실은 안 읽어 봤단 말인가.

그럼 이 사람은 아까 읽어 보지도 않은 책에 대해 그토록 거침

없이 이야기한 것인가…. 독서가에게는 흔히 있는 일이고… 뭐, 망각 탐정의 경우에는 읽었으나 그것을 잊고 있을 케이스도 고려할 수 있다.

그러므로 장갑을 빌리든 피해자의 스마트폰으로 해당 서적을 읽든 물론 전혀 상관이 없으나, 아무리 추리소설에 대해 견식이 얕은 후지무라 경부라 해도 '스마트폰을 만지며' 수수께끼를 푸는 '명탐정'이 전대미문인 것은 미루어 짐작할 수 있다.

그나저나 망각 탐정은 오늘 아침의 시점에는 몰랐던(잊고 있었던) 것으로 추측되는 최신형 스마트폰을 자유자재로 다룰 수 있을까, 가능하다고 해도 그와 동시에 서술 트릭에 문외한인 후지무라 경부도 무리 없이 알아듣게끔 설명할 수 있을까. 추리소설 연구회로부터 사정을 들을 때가 바로 그랬는데, 무언가의 마니아는 마니아가 아닌 자에게 매우 버거운 존재이다.

다른 언어로 떠나나 싶었다.

담당 경부로서 안타까울 따름이다.

"오오~ 현대의 전자책, 좋은데요. 페이지가 착착 넘어가잖아요. 밝아서 읽기 편하고. 요새 젊은 사람은 그 밖에 또 어떤 작품을 소장하고 있을까요."

"저, 쿄코 씨. 이왕이면 『XYZ의 비극』에 집중해 주실 수 없을까요?"

적응력이 매우 높은지 아무래도 스마트폰 조작에 지장은 없어

보여 다행이지만.

"그리고 서술 트릭에 대한 상세 설명도 부탁드립니다. 그 트릭으로 피아노를 들어 올린 게 아니라는 건 그럭저럭 알겠는데, 그럼 서술 트릭이란 뭐죠?"

"그러니까 작가가 독자에게 쓰는 트릭이라니까요. 메타적인 장치라고 할까."

"메타? 메타란 어떤 의미입니까?"

"모르는 부분은 모르는 말을 하는구나 생각하고 무시해 주세요. 10년 전에 붐이었어요. 사회파라든지 본격계라든지, 추리소설에는 다양한 사조가 있었거든요."

10년(아마도 20년) 전 일을 그리워하듯이 절절한 느낌으로 말하는 쿄코 씨.

잘은 몰라도 '사회'라느니 '본격'이라느니 '파'라느니 '계'라느니, 추리소설은 엔터테인먼트 소설의 일종이라고만 생각했었는데 꽤 정치적인 세계인 모양이다.

"이야기가 너무 확장돼도 좀 그러니까 서술 트릭에 대해서만 설명할게요. 서술 트릭을 한마디로 정의하자면 '문장이기 때문에 성립되는 트릭'이에요."

"'문장이기 때문에 성립되는 트릭'…그래서 추리소설 특유의 트릭이라는 겁니까."

"네. 드라마에서도 만화에서도 게임에서도 불가능해요."

불가능은 지나친 말이 아닐까도 싶었지만, 그 부분은 '모른다' 생각하고 무시하기로 한다. 다음 말을 듣자.

"이건 물론 추리소설이 다른 표현 방식보다 미스터리로서 우수하다는 뜻이 아니에요. 오히려 반대인데, 매체가 원시적인 표현 방식을 채택하고 있기에 비로소 가능한 고전 예능이에요. 다시 말씀드리지만, 추리소설인 이상 많든 적든 서술 트릭에는 **반드시** 의지하지 않으면 안 된다는 뜻이기도 해요."

"네… 반드시, 라고요."

그것도 지나친 말이 아닐까?

온화한 어조이기는 하나 이 사람이 하는 말은 꽤 단정적이다. 독단적이라고까지 할 수 있다.

"그야, 작가는 범인이나 트릭이 독자에게 알려지지 않도록 글을 쓰잖아요? 원래 문장이라는 것은 작가의 의도를 이해하기 쉽게 알리기 위한 수단임에도 불구하고."

"알려지지 않도록…."

미스터리 구조상 당연한 것 아닌가 싶지만 당연시될 만큼 철저하다는 뜻으로 받아들여야 하나.

"맞아요. 그뿐만 아니라 오독을 꾀하는 문장마저 있어요."

"오독을 꾀하는 문장. 그 말은 즉, 거짓이 쓰여 있다는 겁니까?"

"아니요, 바탕글에 거짓이 쓰여 있으면 안 된다는 건 미스터리의 불문율이에요. 그래서 거짓말을 안 하고 속이는 수법이 채택되죠."

거짓말을 안 하고 속인다.

그것은 사기꾼이 하는 일이 아닌지….

"네. '거짓말은 안 했다'라는 것이 추리 작가의 상투적인 변명이에요. 그럼 이제부터 실제 사례를 섞어서 설명해 나가도록 하죠. 예를 들어 이번 사건 말인데, 고바츠지마의 토리카와소에서 일어났다고 말씀하셨죠?"

"……? 네. 그런데요."

속임수에 빠졌나 싶어 경계하고 마는 후지무라 경부였다. 그야 쿄코 씨는 명탐정이지 사기꾼도 추리 작가도 아니지만.

"그곳은 본토와 단절된 섬에 위치한 합숙소라서 용의자가 두 동아리 내로 한정된 모양인데, '고바츠지마'라는 것이 섬이 아니라 그냥 지명이라면 어떨까요?"

"네?"

"제 말은. 히로시마広島도 딱히 섬은 아니잖아요? 마찬가지로 고바츠지마라고 해서 꼭 섬이라는 보장은 없잖아요. 독자에게는 그곳이 섬이라도 되는 것처럼 여기게 만들어 놓고 마지막에 가서 내륙 지역이었음을 밝히는 거죠."

서술 트릭 ①번 '장소의 오독'이에요, 라고 쿄코 씨는 말했다.

후지무라 경부는 또다시 신음했다.

그러나 이번에는 감탄해서 신음한 것이 아니라 오히려 '그런 걸로도 괜찮나' 하는 싱거움에서, 이른바 너무 간단해서 신음한 것이다.

그것이 표정에는 드러나지 않도록 나름대로 노력했지만 "김빠지죠?"라고 쿄코 씨는 말했다.

"그렇지만 추리소설의 트릭은 들어 보면 '뭐야' 싶은 것뿐이에요. 야외 촬영도, 연기도, 펼침 그림도, CG도, 장대한 음악도 없이 싸워야만 하니까. 하지만 상상해 보세요. 그동안 무인도를 무대로 믿고 읽었는데 실은 그렇지 않았음을, 다 읽기 직전에 깨달았을 때의 기분을."

"……."

쿄코 씨의 말대로 해 보고… 터무니없는 발견을 했을 때와 같은 기분이 들겠지, 라고 가까스로 후지무라 경부는 생각했다. 어째서 그동안 알아차리지 못했나 싶기도 할 것이다.

그때는 아마 수수께끼를 풀어 진상을 알고 개운해진다는 추리소설의 일반적 감상과 달리 오히려 정반대의, 카타르시스와는 다른 감각을 맛보게 되지 않을까.

"그렇죠. 텔레포트한 것 같은 기분이 들겠죠?"

쿄코 씨의 감상은 좀 더 몽환적이었다.

텔레포트라니.

"단순한 장소 오인뿐만 아니라 상황 오인이라는 식의 사용도

가능해요. 이야기의 무대가 실은 전쟁터였다. 실은 권총 소지가 합법인 나라였다. 그것을 안 순간 세상이 뒤집히겠죠."

"세상이 뒤집힌다…."

하긴… 그것은 확실히 소설만의 체험, 독서 체험일지도 모른다.

그렇지만.

"아실 거라고는 생각하지만, 고바츠지마는 그냥 섬인데요?"

"네. 그럴 거라고 생각해요."

쿄코 씨는 수긍하고 천연덕스러운 얼굴로 "이어서 서술 트릭 ②번 '시간의 오독'."이라고 말을 이었다.

"범행 시각은 합숙 이틀째 되던 날 12시가 지나서라고 말씀하셨는데, 낮 12시인지 밤 12시인지 후지무라 경부님은 명시하지 않으셨죠. 하지만 '대규모 범행은 보통 밤에 이루어지는 법'이라는 선입관을 바탕으로 읽으면 밤 12시가 지나서라고 단정한 채 읽게 돼요. 결과적으로 독자는 등장인물의 알리바이 유무를 오독하고 마는 셈이에요."

"…그야 말하지 않았을지도 모르지만 그건 말할 필요도 없다는 생각에서 말하지 않았을 뿐, 치라 씨의 사망 추정 시각은 밤 12시 지나서인데요?"

"네. 그럴 거라고 생각해요."

그러니까 서술 트릭은 등장인물로서는 인식할 수 없는, 독자만을 겨냥한 트릭이래요, 라고 망각 탐정은 설명한다.

"이 경우에는 12시간 표기와 24시간 표기의 시간차를 이용하여 시간을 딱 반나절 비튼 서술 트릭이지만 더 대담하게, 현대극으로 여기게 했지만 실은 시대극이었다든지, 실은 미래의 SF 세계였다든지 하는 서술 트릭도 방식에 따라서는 성립돼요."

"거, 거기엔 어떤 의미가 있습니까?"

"독자가 깜짝 놀라죠."

더 이상 무슨 의미가 필요하냐는 듯 쿄코 씨는 당당하게 딱 잘라 말했다. 아니, 그러면 '생각나서 해 버렸다'와 뭐가 다르냐고.

현실은 그래도 상관없다고 했던가.

하지만 이건 추리소설의 이야기가 아닌지?

"묘사하지 않으면 마을 풍경이 어떤지 독자로서는 알 수가 없으니까요. 시간의 서술 트릭은 시간 순으로 이야기가 진행되는 것처럼 묘사했지만 실은 군데군데 과거의 에피소드를 섞었다든지, 순서와 무관했다든지 하는 식으로도 사용해요. 그 사실이 밝혀졌을 때 독자는 그동안 읽어 온 소설이 전혀 다른 소설처럼 여겨지는 서프라이즈와 조우하게 되겠죠."

"그렇군요. 하지만 그건 어디까지나 독자가 그렇다는 것이지 등장인물은."

"모르고 있다, 경찰들이라든지, 범인까지도."

어째서인지 쿄코 씨는 5·7·5조[*]로 대답했다.

아니, 대답했다기보다 말장난을 했다.

"쭉쭉 갈게요. 이제부터는 이 등장인물 소개표를 참고로 설명해 나가도록 할까요."

하며 쿄코 씨는 오른쪽 아래팔을 뻗었다. 손으로는 줄곧 스마트폰을 조작하고 있다. 그뿐만 아니라 굉장한 속도로 『XYZ의 비극』을 읽고 있다. 가장 빠른 탐정은 추리뿐만 아니라 독서 페이스도 가장 빠른가.

천 페이지가 넘는 대작이라더니 이 기세라면 눈 깜짝할 사이에 다 읽어 버릴지도 모른다.

"서술 트릭 ③번 '생사의 오독'."

"생사…? 아니, 산 사람과 죽은 사람을 착각하거나 하진 않을 텐데요?"

"그럴까요? 후지무라 경부님은 사건 피해자인 치라 씨를 일관되게 '피해자'라고밖에 표현하지 않았어요. 그랜드 피아노에 맞고 밑에 깔렸다고밖에 말하지 않았어요. 그럼, 혹시 살아 있을지도?"

"…죽었는데요."

그 사람에 대해 지금까지 어떤 식으로 말했는지는 정확히 기

※5·7·5조 : 일본의 정형시인 하이쿠의 글자수.

억나지 않지만(망각 탐정이 기억하고 있음을 생각하면 부끄러운 일이지만), 그러나 피아노에 짓눌렸다. 살아 있을 리 없지 않은가.

"그렇지만 **마치** 죽기라도 한 것처럼 말하면 그 후 그는 이야기에서 '투명 인간'으로 암약할 수 있으니까요. 반대로 살아 있는 듯 말했지만 벌써 옛날에 죽었다는 식으로도 쓸 수 있어요."

"그야 문장으로라면 어떻게든….."

"네. 어떻게든 쓸 수 있어요."

"……."

"어떻게든."

점점 알 것 같았다.

그러나 왠지 모르게 알고 싶지 않다는, 어디서 오는 건지 불확실한 거부감도 있다.

"일부러 헷갈리게 말해서 장소나 시간을 오독하게 만드는 정도라면 모를까… 죽은 인물을 살아 있는 것처럼 묘사하거나 살아 있는 인물을 죽은 것처럼 묘사하는 건, 아무리 지어낸 이야기라지만 장난이 지나친 감도 있는데요….."

"네. 그런 짓, 해도 좋을 리 없다는 생각이 들죠. 그래서 하는 거예요."

쿄코 씨는 얌전한 얼굴로 얼토당토않은 소리를 했다.

"추리 소설가는. 누가 봐도 명백한 시체인데 살아 있는 것처럼 그리는 것이 작가의 능력이죠."

"능력…인가요."

"다음은 서술 트릭 ④번 '남녀의 오독'. 남성 등장인물을 여성처럼 쓴다, 또는 여성 등장인물을 남성처럼 쓴다."

이제는 의심스러운 표정을 감추지 못하는 후지무라 경부를 아랑곳하지도 않고 쿄코 씨는 이야기를 진행했다. 그런데 이 '④번'은 그나마 문외한이라도 알기 쉬웠다.

"말하자면 '남장 여인'이나 '낭자애[*] 같은 거로군요?"

"'낭자애'…?"

여기서는 반대로 쿄코 씨가 이해할 수 없다는 얼굴을 했다. 그런가, 망각 탐정은 최근에 생긴 말은 모르려나.

아니면 '이 경부님, 미스터리 용어는 모르면서 '낭자애'는 어떻게 아는 거야'라고 생각했는지도 모른다.

하지만 그 부분은 프로이다, 이내 태세를 전환하여 "이번 케이스로 말하자면 추리소설 연구회의 비죠기 나오카 씨. 성娃에 '女' 자가 들어 있고 이름이 '나오카'라서 자칫 여자라는 선입관을 갖고 볼 수도 있지만, 성은 말할 것도 없거니와 '나오카'도 남자 이름으로서 전혀 없는 게 아니죠."라고 쿄코 씨는 말했다.

"…남자 대학생을 여대생처럼 그리는 데 어떤 의미가 있습니

※낭자애 : 남자임에도 여자의 외형과 내면을 가진 사람을 뜻하는 신조어.

까?"

"여자밖에 들어갈 수 없는 장소에 들어갈 수 있다거나 반대로 여자 금지인 장소에는 들어갈 수 없다거나, 그 밖에도 이것저 것. 추리할 때의 전제 조건이 흔들려요."

"그건… 하지만 등장인물이 여장을 한다는 게 아니라 어디까지나 독자가 그렇게 오독하도록 만드는 것뿐이죠?"

"네. 남장이든 여장이든 실제 변장하는 경우에는 엄밀히 말해 서술 트릭이라고는 할 수 없어요. 등장인물이 보기에 비죠기 씨는 그냥 남자 대학생으로 인식되는 거예요."

"여대생인데요?"

추리소설 연구회의 부부장이며 누가 어떻게 봐도 여자였다.

흔들림이 없다.

"서술 트릭 ⑤번 '인물의 오독'. 뭐, 쓰인 순서 그대로 예를 들까요. 추리소설 연구회의 오비타다타 요시노 씨. 이분도 이름만으로는 남성인지 여성인지 잘 알 수 없지만."

"남성입니다."

"어머, 그런가요. 뭐, 예를 들어 합숙소 안에 '욧시'라 불리는 인물이 있다고 쳐요. 당연히 이 '요시노' 씨라 여기고 읽어 나갈 수 있겠죠?"

"음… 그 밖에 '욧시'는 없는데요?"

쿄코 씨의 팔에 쓰인 이름을 일단 전부 확인하고 나서 후지무라 경부가 그렇게 대꾸하자 쿄코 씨는 "그런데 웬걸."이라고 말했다. 그런데 웬걸?

"경음악부의 코다마 유키치 씨. 그분이 '유키치融吉'의 한자인 '키치吉'를 따서* '욧시'라 불리고 있었다면 어떨까요?"

"어, 어떨까요. 라니…."

"그동안 '오비타다타 요시노'로 여기고 읽었던 '욧시'는 사실 다른 사람이었던 셈이에요. 인물평과 인간관계, 알리바이를 모두 재검토하지 않으면 안 되겠죠."

"네. 그렇지만 오비타다타 요시노 씨도 코다마 유키치 씨도 아마 '욧시'라고는 불리지 않았을 텐데요."

그리고 물론 관계자 안에서 닉네임으로 사람을 착각하는 일은 없을 것이다. 착각하는 건 외부 사람뿐이리라.

"네. 즉, 독자뿐이죠."

"……."

"더불어 닉네임이 아니라 아예 본명으로 오독하게 만드는 패턴도 있어요. 성이 같거나 이름이 같은 인물을 일부러 혼동되게 그리는 경우처럼."

"성이나 이름이 같은 등장인물을 한 소설 안에 등장시키거나 하면 복잡할 텐데요."

※한자인 '키치(吉)'를 따서 : 일본어의 한자는 음과 뜻에 따라 다양하게 읽힌다. '吉'은 음독하면 '키치', 훈독하면 '요시'로 발음된다.

"그러니까 복잡하게 만들려고 등장시킨대도요. 가족이라면 같은 성씨여도 당연하고 말이에요."

보통은 그 부분을 구분해서 쓰는 것이 능력이겠지만 추리 작가의 경우 반대인 모양이다.

인물을 구분해서 쓰지 않는다.

"서술 트릭 ⑥번 '연령의 오독'. 어른으로 여기게 만들었으나 갓난아기였다, 어린아이로 여기게 만들었으나 노인이었다, 노인으로 여기게 만들었으나 어린아이였다. 합숙소에 숙박 중이던 것은 모두 대학생이었다고 말씀하셨는데, 그로써 모두 스무 살 전후일 거라는 선입관이 읽는 이에게 심어졌지만, 사실 오스미 마미코 씨는 정년퇴직 후 다시 공부하려고 대입 시험을 본 예순여섯 살의 대학교 1학년 학생일지도 모르죠. 혹은 초중고 과정을 뛰어넘어 입학한 열 살의 천재 아이일지도."

일본에는 아직 조기 입학 제도가 보급되어 있지 않다고 반박하려 했지만, 그렇구나, 서술 트릭하에서는 카시자카 대학교가 일본의 대학교라는 보장도 없는 셈이로구나 하며 생각을 돌렸다. 서술 트릭 ①번 '장소의 오독'. 한자권이면서도 조기 입학 제도가 있는 외국의 대학교일지도… 아냐, 아냐. 그렇지 않다.

현실 세계에서 카시자카 대학교는 일본의 대학교이고, 오스미 마미코는 그저 재수한 열아홉 살의 여자이다.

노인도 어린아이도 아니다.

"그렇지만 '실은 어린아이였다'라고 하면 어른은 들어갈 수 없는 가느다란 덕트를 지날 수 있고, '실은 노인이었다'라고 하면 과거의 진실을 알 수 있죠."

과거의 진실이라는 게 뭔지.

예시가 두루뭉술하다.

그나저나 '남녀의 오독'이라면 변장 등으로 현실에서도 재현의 여지가 있으나, '연령의 오독'은 노골적으로 소설만을 위한 트릭이다. 노인과 어린아이를 착각하는 일은 문장이 아니면 있을 수 없다.

보면 알 수 있으니, 보이지 않는 표현이지 않으면.

백문이 불여일견의 반대로, 일견을 백문으로 속이는 격이다.

"그러네요. 만약 제 모습을 '새하얀 머리카락에 안경을 낀 아담한 여성'이라고 묘사하면 오키테가미 쿄코가 할머니라는 오독을 꾀할 수 있어요."

"그러면 어떤 메리트가 있습니까?"

"할머니 탐정이라니 멋지잖아요. 그건 그렇다 치고, 서술 트릭 ⑦번."

"…저기, '몇 번'까지 있죠?"

"열거하려고 마음먹으면 무한히 열거할 수 있지만, 서술 트릭을 망라해 봤자 뾰족한 수는 없고 시간도 한정되어 있으니 깔끔하게 ⑭번에서 끝낼까요."

"⑭번이라고요…."

예상한 것보다는 많지만 염려했던 것보다는 적다.

깔끔하게 끝난다고는 생각되지 않지만.

"서술 트릭 ⑦번 '인간의 오독'."

"'인간의 오독'…? 그건, 이미 아까 말하지 않았던가요?"

"조금 아까 말씀드린 것은 '인물의 오독'이에요. 그것은 인물을 착각하게 한다는 수법이고, '인간의 오독'은 인간과 인간 이외의 것을 헷갈리게 만드는 서술 트릭이에요."

"인간 이외의 것. 말하자면 동물이었다거나 로봇이었다는 뜻입니까?"

"네. '실은 동물이었다' '실은 로봇이었다'라는 식의 서술 트릭이에요. 물론 반대 패턴인 '실은 인간이었다'라는 것도 있어요."

그렇게 말했지만 선뜻 이해할 수 없다.

이해할 수 없기에 느껴지는 위화감도 적다고 할 수 있지만.

"『나는 고양이로소이다』 같은 겁니까? 확실히 그 소설은 고양이가 화자였던 것 같은데…."

"만약 처음에 자신이 '고양이'임을 감추었더라면 그보다 훌륭한 서술 트릭은 없었을 거예요. 실제로 고양이가 그렇게 복잡한 생각을 할 리 없다며 딴지를 놓는 건 촌스럽죠."

그 또한 소설이기 때문인가.

고양이의 모습이 보이면 몹시 거짓말 같아진다.

"자동차나 열차가 말을 하는 유의 애니메이션이 많은데, 그것을 글자로만 표현하면 인간끼리의 대화라 여기고 읽어 버릴지도 모르겠죠? 틀이나 형태에 대해 서술하지 않으면."

"서술하지 않으면, 이라고요. 하지만 자동차나 열차가 어떻게 말을 하느냐는 딴지는 역시 촌스럽지는 않은지?"

"내비게이션 시스템은 말을 해요."

"아아… 그런가요?"

"과묵한 캐릭터로 설정하는 것도 한 방법이지만. 그 방법을 써도 된다면 인형이나 완구를 인간처럼 말하게 한다는 방법도 있어요."

완구는 그렇다 치고, 인형人形에 대해 말하자면 말 그대로 사람의 모양을 하고 있으니 보다 헷갈리게 묘사할 수 있으리라.

헷갈림을 추구한다는 것도 이상한 소리지만.

"앵무새나 구관조를 등장시켜 인간의 언어로 말하게 하는 것도 가능합니까?"

"가능하죠."

농담으로 말했을 뿐인데 긍정적인 대답이 돌아왔다. 과묵해지고 만다.

"추리소설 연구회의 이시바야시 나리토시 씨. 풀네임이 있어서 꼭 인간 같지만, 실은 오스미 씨가 집에서 데려온 반려묘일지도 모르겠네요."

"…반려동물에 풀네임으로 된 이름을 붙입니까?"

"호적을 취득하는 게 아니니 어떤 이름을 붙이든 자유죠."

"……."

어쩐지 법망이 뚫린 감이 가득하지만.

"고양이라면 샛길인 덕트를 지날 수 있어요."

"아까부터 번번이 언급되는데, 현장 스튜디오에 덕트는 없는데요?"

"후지무라 경부님이 방금 제시하신 대로 앵무새였다면, 하늘을 날아 현장에 침입할 수 있었다는 가설도 있어요."

그런 가설을 제시하지는 않았다.

그건 그러니까, 농담으로 한 소리였을 뿐이다.

"혹은 대학에서 개발된 로봇으로, 로봇인 까닭에 로봇 팔로 그랜드 피아노를 들어 올릴 수도 있겠죠."

"그 부분의 추리는 끝났을 텐데…."

고양이는 그렇다 쳐도 로봇은 너무 무리수다.

아니, 혹은 서술 트릭에 의해 현대풍으로 그려졌을 뿐인 SF적 미래 세계인가.

경계선이 흐려지기 시작한다.

"로봇은 좀 거창하지만, 디지털 디바이스에 인스톨된 소프트웨어 중에는 인간과 대화할 수 있는 것도 있겠죠? 등장인물 중 하나인 이시바야시 나리토시 씨는 사실 스마트폰이었다. 어때

요?"

"이시바야시 씨는 인간입니다. 동물도 로봇도 아니에요. 직접 만나 대화를 나눴습니다."

"그렇겠죠."

말하면서 인간이 아닌 스마트폰의 액정 화면을 술술 읽어 나가는 쿄코 씨. 혹시 ⑭번이라는 어중간한 숫자에서 끝나는 건 읽어 나가는 페이스에 맞추기 위함일까.

깔끔하게 끝난다는 것은 독서 페이스 쪽인가.

"서술 트릭 ⑧번 '인격의 오독'."

"인격? 으음, 인간의 오독도 인물의 오독도 아닌, 인격의 오독입니까?"

"세트로 이야기하는 편이 이해하기 쉬웠을까요? 뭐, 그 부분은 무작위로 열거하는 것이니 너그러이 봐주세요. 이제부터는 경음악부 멤버네요. 유키이 미와 씨."

"네. 경음악부의 부장입니다."

"그렇게 여기게 만들었지만, 사실 유키이 미와 씨는 5중 인격으로 경음악부 멤버는 전원 그녀의 다른 인격인 거예요."

인 거예요, 라고 하니 마치 그것이 추리에 의해 도출된 놀라운 진상 같았지만, 뭐라고?

5중 인격?

어라? 인격의 오독이란, 그런 의미?

"네. 아무리 의학계에서 부정해도 추리소설계에서는 다중 인격이 있는 것으로 되어 있어서…."

'있는 것으로 되어 있다'라고, '그 부분은 그게 규칙이니까'라는 식으로 말해도 후지무라 경부로서는 받아치기 곤란한데….

의학계에서 부정했다면 없겠지.

의학계와 추리소설계를 나란히 놓고 말해도 수용할 수 없다.

"더불어 다중 인격이라는 것은요."

"아니요, 그 부분을 모르는 게 아닙니다. 다중 인격에는 일가견이 있는 것처럼 나서지 말아 주십시오. 으음… 말하자면, 다른 인격이 저지른 범행이라 본인은 파악을 못 하고 있다든지, 실재하는 듯 그려졌으나 실은 가상 인격이라 그런 사람은 없다든지… 그런 트릭입니까?"

"네. 어쩌면 경음악부 멤버뿐만이 아니라 추리소설 연구회 멤버까지도 유키이 씨의 다른 인격일 가능성이 있을 수 있어요."

"있을 수 없습니다. 전원 별개의 인물이고, 별개의 인간이고, 별개의 인격입니다."

"물론 그렇겠죠. 서술 트릭 ⑨번 '화자의 오독'. 바탕글에 거짓이 있으면 안 된다는 관례에 대해 언급했지만, 일인칭 화자인 추리소설에서는 예외가 인정돼요. 즉, 화자 자신이 착각했을 경우, 결과적으로 거짓말을 하게 되더라도 그 부분은 무시돼요."

"화자… 『나는 고양이로소이다』로 말하자면 고양이겠죠?"

"네. 바탕글에 거짓이 있으면 안 된다는 룰은, 바꿔 말해서 **바탕글 이외**에는 거짓이 있어도 된다고 해석할 수 있어요. 등장인물의 말 속에 오해가 있어도 문제는 없다는 건 왠지 모르게 아시겠죠?"

있어도 되는 건 아니겠지만… 뭐, 납득은 간다. 인간은 오해하는 생물이다.

"그러니 소설 전체를 한 사람의 말로 묶어 버리면 어떤 거짓도 버젓이 통하게 되는 거예요. 만일 합숙소에서 일어난 비극이 사토나카 닌타로 씨의 일인칭으로 이야기된 살인 사건이라면, 우리들은 그의 억측과 단정과 편견을 진실로서 그대로 받아들였을 가능성이 있어요."

당연하지만 후지무라 경부는 피해자를 뺀 모두에게서 증언을 얻었으며, 각각의 이야기를 대조하고 현장 검증의 결과와 맞추어 보아 객관적으로 이야기를 정리했다. 누구 한 사람의 증언에 의존하지는 않았다.

애당초 화자라니.

사토나카 닌타로는, 보컬일 수는 있어도 이야기꾼 같은 건 아니라고.

"착각이었던 셈 치면 거짓도 버젓이 통하게 된다는 것은 어쩐지, 의외로 느슨한 룰이로군요…."

"그래도 엄격한 편이에요. 미스터리가 아닌 소설을 읽어 보면

삼인칭 시점일지라도 바탕글에 거짓말이 마구마구 쓰여 있거나 하니까요."

참고로 말씀드려서 제가 일인칭 화자로 추리소설에 등장하면 대부분의 장면은 '잊어버렸어요'로 통하게 돼요, 라고 쿄코 씨는 덧붙였다.

그건 아예 소설로서 통하지 않는 게 아닐까도 싶은데.

"서술 트릭 ⑩번 '작중 작품의 오독'. 드디어 ⑩번이에요!"

쿄코 씨는 기합을 넣듯 기운차게 말했지만 두 자릿수에 오른 정도로는 마냥 좋아할 수 없다. 스마트폰을 보며 말하다니.

"작중 작품? 이란 뭐죠?"

그것은 정말 금시초문이었다.

어감이 이상하다.

"지금까지의 전개는 사실 등장인물 중의 한 사람이 쓴 소설이었다는 서술 트릭이에요. 즉, 작중 인물이 쓴 소설이기에 자의적인 거짓이나 모순, 적당한 눈속임이 있어도 상관없는 것이죠."

상관없다니… 상관없나?

단, 작중 작품의 의미는 알았다.

영상 작품 가운데 간혹 있는, 타이틀이 나오기 전의 장면은 드라마 야외 촬영이었다든지 아예 주역이 꾸던 꿈이라는 설정과 비슷한 건가.

"뭐, 꿈까지 나와 버리면 너무 갔으려나요. 꿈으로 끝내는 것이 금지인 건 추리소설계에서도 마찬가지예요."

뭐가 괜찮고 뭐가 나쁜 건지….

"꿈으로 끝내는 경우는 별로 없지만 작중 작품은 소설뿐만이 아니라 수기나 일기, 사건 기록과 같은 형태도 취해요. 이것은 서술 트릭 ⑨번 '화자의 오독'과도 일맥상통하는데, 어디까지나 개인의 기록이니 진실성은 의심스러워지죠. 게다가 스스로 펜을 잡고 쓰면 자신에 대해 좋게 쓰는 경향이 있는 건 부정할 수 없어요."

그건 뭐, 서술 트릭이라고는 하나 현실과도 일맥상통하는 이야기일 것이다. 역사서를 해독할 때는 필자의 입장을 생각하며 읽지 않으면 안 되는 모양이다.

역사는 승자가 만든다.

그것이야말로 궁극의 서술 트릭인지도 모른다.

"즉, 이번 사건이 경음악부의 에키하라 카에데 씨가 쓰신 뮤지컬 각본이라면 어떻게 될까요?"

어떻게도 되지 않을 것이다.

애초에 경음악부 멤버는 뮤지컬 각본을 쓰지 않으리라.

"아하하. 추리소설 연구회 멤버가 미스터리를 썼다고 하면 너무 흔해 빠진 것 같아서요. 이어서 서술 트릭 ⑪번."

점점 서술 트릭이 어떤 건지는 알 것 같지만, 알 것 같기 때문에 기분은 가라앉아만 간다.

지금 나는 무엇을 듣고 있는 것일까.

"서술 트릭 ⑪번 '동석 여부의 오독'."

"그 자리에 있는데도 없다고 생각하게 만들거나, 그 자리에 없는데도 있다고 생각하게 만드는 것인가요?"

"어머, 후지무라 경부님도 이제 좀 아시네요. 하지만 섣불리 말했다가는 제가 쓴 서술 트릭에 걸릴지도 모르는데요?"

"걸렸습니까?"

"아뇨, 정답이고말고요. 훌륭해요. 밀실에서 이루어지는 대화극으로 보이게 만들었으나 사실 그중 한 명은 그 방에 없고 전화로 참여 중이었다. 대화는 전화로 했으나 쓰여 있지 않았을 뿐 사실 통화 상대는 그 밀실 안에 있었다. 방 안에 있는 사람에게는 빤한 일이지만 독자에게는 서술의 베일에 가려진 저편의 일이죠."

서술의 베일이라고 멋들어지게 표현했지만, 그 자리에 있는 사람을 없는 듯 쓰거나 없는 사람을 있는 듯 쓰는 것은 문장밖에 힌트가 없는 소설에서는 역시 비겁하다는 생각밖에 들지 않는데. '지금까지 입을 다물고 있었지만 사실 과묵한 인물이 내내 동석 중이었습니다'라는 말을 과연 독자는 납득할 수 있을까.

"네. 그렇지만 비겁하다고 하면 험담이 되어 버리니, 그런 경우 저희는 언페어라는 표현을 써요."

언페어.

그것도 어쩐지 멋들어진 표현이로군.

프로페셔널 파울 같다.

"네. 언페어 소리를 듣는 동안에는 그래도 세이프예요. 즉, 이 번 사건으로 말하자면 경음악부의 코로카제 케이 씨. 이분은 컨 디션이 악화되어 연주에 영상 채팅으로 참여하지 않았을까요?"

"그러지 않았는데요?"

"그러지 않았겠죠."

이 스마트폰이라면 카메라도 달려 있으니 가능할 듯한데요, 하며 쿄코 씨는 액정 화면을 이쪽으로 돌렸다.

42자×17행에 세로쓰기라는 표준적인 문자 표시 방식으로 『XYZ의 비극』의 문장들이 띄워져 있다. 서술 트릭 이전에, 이 거리에서 한 페이지만 봐도 무엇이 쓰여 있는지 전혀 알 수 없 지만, 쿄코 씨는 현재 『XYZ의 비극』을 80퍼센트까지 읽은 모양 이라는 것은 알 수 있었다. 화면 하단에 그렇게 표시되어 있다.

서술 트릭 강좌도 앞으로 세 챕터 남았으니 보조는 완벽하게 맞았다.

머릿속이 어떻게 되어 있는 걸까, 이 사람.

어쨌거나.

"영상 채팅으로 참여한 자가 있었으면 제가 그렇다고 확실하 게 말했을 겁니다."

"그랬겠죠. 후지무라 경부님은 페어한, 신뢰할 수 있는 화자이고말고요. 그럼 서술 트릭 ⑫번 '커버의 오독'."

"음…."

⑪번 '동석 여부의 오독'이라는 것은 그 표현으로 예상하기 쉬웠는데, 커버란 무슨 의미지?

포장? 패키지?

하며 후지무라 경부는 고개를 갸웃했는데,

"이것은 미스터리 용어라기보다는 출판 용어예요."

라고 말한 쿄코 씨.

독서로 돌아가며,

"책의 앞표지와 뒤표지, 커버와 띠지를 가리켜 그렇게 말하죠. 뭐, 전자책에서는 다른 표현을 쓸지도 모르지만."

하고 말한다.

과연, 서적의 '커버'인가.

표지와 띠지로 책을 빙 '커버하는' 데서 비롯된 통칭이리라.

하지만 소설이 쓰인 곳은 페이지, 즉 책 안쪽일 테니 온갖 수단과 방법을 동원하는 추리 작가도 역시 커버에는 손을 댈 수 없지 않을까?

"안 되겠네요. 그렇게 사람이 좋으면 놈들의 의도대로라고요."

놈들이라니.

쿄코 씨 쪽에서 추리 작가를 사기꾼 집단처럼 말하고 있다. 『XYZ의 비극』이 클라이맥스에 접어들어 긴장감이 고조된 걸까.

"아까 이름이 나왔으니 예로 써 버리자면 나츠메 소세키 선생님의 『나는 고양이로소이다』. 이 제목이 표지에 쓰여 있음에도 화자인 '나'가 실은 고양이가 아니었음이 마지막에 가서 밝혀진다면 경천동지 아니겠어요?"

서술 트릭을 설명하기 위해 급기야는 대명작의 줄거리를 수정하고 만 쿄코 씨인데. 확실히 그렇게 되면 틀림없이 놀랄 것이다.

첫째 줄에서 '나는 고양이다'라고 말은 했지만, 그것은 서술 트릭 ⑨번 '화자의 오독'으로 해결할 수 있다.

서술 트릭 ⑦번 '인간의 오독'도 함께 생각하여… 그래, 그 '이름은 아직 없는 고양이'가 자신을 고양이라고 믿는 인간이라면?

"그렇다면… 완전 기분 나쁜 사소설이 되는데요."

"사소설로서는 완전 기분 나빠도 추리소설로서는 훌륭한걸요. 나츠메 선생님, 아깝게 됐어요."

"나츠메 소세키 소설에 트집을 잡지 말아 주시죠… 아, 알겠다. 이것도 어떤 의미에서는 '바탕글에 거짓이 있으면 안 된다'라는 룰의 의표를 찌르는 거로군요? 표지에 쓰인 제목은 '바탕글'이 아니니까."

"네."

바로 그거라는 듯이 쿄코 씨는 수긍했다.

"그런 식으로 따지면 띠지의 광고 문구에서도 뒤표지의 줄거

리에서도 거짓말은 밥 먹듯이 이루어져요. 무법 지대예요. 거짓
말이라고는 못 해도 독자에게 강렬한 선입관을 심어 줄 수 있어
요. 만약 이 사건의 제목이 '코다마 유키치의 범죄'라면 범인은
당연히 코다마 유키치라는 이름의 경음악부 부원일 거라고 단정
한 채 읽겠죠. 그러나 실제로 그가 저지른 범죄는 살인이 아니
라 진범을 감싸는 은닉죄였던 거예요!"

"…실제로는 제목 따위 붙어 있지 않은데요. 일단 수사본부에
는 '고바츠지마 그랜드 피아노 살인 사건'이라고 쓴 종이를 붙여
놓았지만."

"줄거리나 띠지에는 '어째서 그는 살인을 저지르게 되었는가'
라고 쓰여 있지만 거기에서 말하는 '그'란 코다마 씨가 아니라
코다마 씨의 친구이자 진범인 이시바야시 씨를 가리키는 거였
죠."

진범인지 어떤지는 아직 모르고, 다른 대학이며, 우연히 합숙
소에서 조우한 코다마 유키치와 이시바야시 나리토시가 친구라
는 정보도 없다. 관계자를 예로 드니 확실히 알기는 쉬웠지만
실제 사건은 도리어 꼬여 버린 감도 있다.

강좌 후, 꼬인 부분을 제대로 풀어 줄 것인가.

"추리소설에 '오키테가미 쿄코의 서술 트릭'이라는 제목을 붙
이면 누구든 서술 트릭이 쓰일 거라고 예상하겠지만, 전혀 쓰이
지 않는다는 의표를 찌를 수도 있어요."

"서술 트릭이라고 밝혀 놓고 서술 트릭을 쓰지 않는 겁니까… 그거, 참신하군요."

"아뇨, 아뇨. 흔한 수법이에요. 고전적이라고 해도 좋아요."

"어쨌든 설마 제목이나 띠지나 줄거리로 속을 거라고는 생각할 수 없는데요. 그렇다고 사건부로 남기지는 말아 주십시오. 그런다는 약속하에 우리들은 당신에게 수사 협력을 의뢰한 거니까요."

"알고 있어요. 바탕글로 명시해도 상관없어요… 이쯤에서, 고대하신 서술 트릭 ⑬번이에요."

별로 고대하시지 않았다.

"서술 트릭 ⑬번 '인원수의 오독'."

"…이제 두 동아리의 멤버는 다 나왔는데, 어떻게 하실 겁니까?"

후지무라 경부는 쿄코 씨 오른팔의 '등장인물 소개표'를 보며 그렇게 지적했다. 다시 치라 하쿠조로 돌아갈 것인가.

"아뇨, 괜찮아요. 그야 '인원수의 오독'이니까. 이것은 멤버 밖에서 범인을 찾는 케이스예요. 서술 트릭 ⑪번 '동석 여부의 오독'의 변형이라고도 할 수 있는데, 예를 들어 제 팔에 쓰인 이 등장인물 소개표에는 게재되어 있지 않지만, 스튜디오로 쓸 수 있는 합숙소에 관리자분이 있어도 이상하지는 않겠죠?"

"……."

"또는 숙박객에게 음식을 제공하는 요리사라든지, 또는 상주 경비원이라든지 본토와의 연락선 크루라든지. 등장인물을 전원 등장인물 소개표에 올리지 않으면 안 된다는 법률은 없고, 등장 인물 소개표에 오르지 않은 등장인물이 범인이면 안 된다는 조례도 없어요."

확실히 등장하는 사람 모두를 상세히 묘사하면 이야기가 진행되지 않으리라. 지면에 한계가 있는 '소설'인 이상 묘사가 생략되는 등장인물도 있을 것이다.

그 생략된 인물 중에 범인이 있다는 뜻?

"…커버가 아니라 등장인물 소개표로 독자를 속인다는 겁니까?"

"뭐, 그러면 언페어 라인을 밟을지도 모르니 아예 등장인물 소개표 같은 걸 첨부하지 않으면 돼요. 그리고 막상 해결 편에 접어들었을 때, 그때껏 기척도 내지 않고 있던 관리인을 등장시켜 '어라? 없을 줄 알았어요? 상식적으로 생각해서 관리인은 있겠죠. 없을 리 없잖아요. 말 안 해도 알 줄 알았는데'라고 서술하면 되는 거예요."

되지 않을 텐데?

그런 서술 방법을 쓰면 폭동이 일어날 것이다.

그래도 하고자 하는 말은 알았다. 버스가 정류장을 경유하는 사이 몇 명이 타고 몇 명이 내렸는지를 계산하게 하는 퀴즈 같은 것인가. 운전기사를 숫자에 넣는 것을 잊게 만드는 바로 그 것이다.

"즉, 토리카와소의 관리인 및 종업원이 수상하다고 말하지 않 을 수 없네요."

"농담으로 하는 소리죠?"

"물론이죠. 농담 빼고 농담이에요. 그런 사람이 있었다면 후 지무라 씨가 제게 그 사실을 숨긴 채 말씀하실 이유가 없는걸 요."

상식적으로 생각해서, 라며 쿄코 씨는 주눅 들지 않고 말한다.

그렇다.

확실히 토리카와소에는 관리인이나 요리사 같은 종업원이 있 지만 모두 통근 직원이라 밤이 되기 전에는 섬에서 나가 버린 다. 상주 경비원은 없다.

범행 시간과 상황으로 보아 범인은 쿄코 씨의 팔에 쓴 '등장인 물 소개표' 안에 있다고 생각해도 거의 틀림없을 것이다.

"우후후. '거의'라든지 '것이다'라는 애매한 표현으로는 서술 트릭이 있는 게 아닐까 의심받고 마는데요?"

"…마지막 하나는 뭡니까? 가슴 두근거리는 서술 트릭 ⑭번은."

비아냥조로 말하자,

"기대하고 계시는데 이런 말씀을 드리려니 뭐라 드릴 말씀이 없지만 서술 트릭 ⑭번은, '그 밖의 오독'이에요."

비아냥거림은 통하지 않고 그런 말이 돌아왔다.

"네? 그 밖? 이요?"

"기타 등등이에요. 드문 케이스, 혹은 분류 불가능쯤 될까요. ①번부터 ⑬번까지의 어느 것에도 들어맞지 않는 패턴의 서술 트릭이죠."

네에, 하고 수긍할 수밖에 없다.

①번부터 ⑬번까지도 꽤 세세한 분류라고 생각한다. 그 어느 것에도 들어맞지 않는 패턴이 있다고 해도 전혀 상상이 안 가는데.

추리 작가의 상상력은 무한한가.

"아뇨. 뭐, 역시 이 ⑭번쯤 되면 너무 기상천외해서 언페어 이전의 문제가 될 때가 많아요. 그런 경우에도 물의를 빚은 문제적 작품이라는 형태로 높이 평가되거나 하지만."

"뜻이 깊은 건지 얕은 건지, 수수께끼 같은 세계로군요…."

"미스터리니까요."

"으음, 그렇다 해도 역시 예를 들어 주시는 게 이해하기 쉬운데요…. 이번 사건이 가령 '⑭번'일 경우에는 어떤 서술 트릭을 상정할 수 있죠?"

"저는 탐정이지 추리 작가가 아니라 상상력은 유한하지만…."

쿄코 씨는 잠시 생각에 잠긴 얼굴을 하더니,

"실은 고바츠지마는 마계로 통하는 입구로 토리카와소의 숙박객은 전원 마법사였다. 그랜드 피아노는 멤버 중 하나가 마법으로 띄웠다는 사실이 해결 편에서 밝혀진다. 작가가 말하기를 '마계가 아니라고는 말하지 않았고 마법사가 아니라고도 말하지 않았다'."

라고, 믿을 수 없을 만큼 국어책 읽듯 말했다.

과연, 서술 트릭으로서 좀 그렇다기보다 미스터리로서 좀 그렇다 싶은 레벨의 문제가 되었다. 문제적 작품.

문제 외적 작품이기까지 하다.

"사건 현장이 마계였다는 건 생각하기에 따라 서술 트릭 ①번 '장소의 오독'이라고도 할 수 있을 것 같은데…. 으음, 요컨대 판타스틱한 요소가 얽힌 서술 트릭입니까?"

"어디까지나 하나의 예시예요. 막말로 완독 후에 '뭐야, 이 서술 트릭!'이라고 생각했다면 대체로 ⑭번이라고 생각해 주세요."

개중에는 뛰어난 것도 있겠지만 그렇게 되면 너무 유일해서 역시 분류하기는 어렵겠죠, 라고 쿄코 씨는 마무리하며, 내내 액정 화면 위에서 놀리던 손가락을 멈추고 치라 하쿠조의 스마트폰을 책상 위에 돌려놓더니 "감사했어요."라고 말했다.

서술 트릭에 대한 강의와 『XYZ의 비극』의 독서를 딱 동시에 마친 모양이다.

초심자에게 서술 트릭을 이해시킨다는 난제를 클리어했기 때문인지, 아니면 천 페이지가 넘는 대작을 이렇게 고속으로 독파했기 때문인지, 역시 산을 하나 넘었다는 듯 한숨을 돌리는 쿄코 씨였다.

"…그런데 쿄코 씨. 『XYZ의 비극』에서는 ①번부터 ⑭번까지 중 어떤 서술 트릭이 쓰여 있었죠?"

"①번부터 ⑬번까지가 복합 기술技術이네요. 그 결과, ⑭번이 되었다고 해도 좋을지 몰라요. 과연 서술 트릭의 금자탑이라 일컬어지는 전설적인 명작, 참으로 훌륭해요. 지금까지 읽지 않은 게 후회되네요. 순순히 경의를 표하죠. 충분히 만끽했어요. 내일이면 잊어버리는 게 아까울 정도로 말이죠."

피해자가 암기할 만큼 정독했다는 것도 납득이 가요, 라고 쿄코 씨는 말했다. 고인의 넋을 위로하기 위해 그렇게 말한 것이 아니라 진심으로 그렇게 말한 것 같다.

①번부터 ⑬번까지가 망라된 ⑭번이라니, 후지무라 경부로서는 완독 후 인간 불신에 빠지지 않을까 싶을 만큼 속임수의 테크닉으로 가득 찬 한 권이라는 생각이 드는데…. 굳이 속기 위해 책을 읽겠다니, 정말 추리소설광은 참 별난 독자들이다.

"별난 독자들. 좋네요. 그건 우리들에게 최대의 찬사예요. 그런데, 후지무라 경부님."

하더니.

쿄코 씨는 순간 자세를 가다듬었다.

"망각 탐정의 기억이 정확하다면, 우리는 분명 그런 서술 트릭으로 가득 찬 추리소설이 화면에 띄워진 스마트폰을, 어째서 피해자가 움켜쥐고 죽었는지를 추리했어야 했어요."

6

"이제 더 이상 말씀드릴 필요가 없을 것 같지만, 짐작하신 대로 서술 트릭은 현실에 적용할 수 있는 게 아니에요. 밀실 트릭이나 알리바이 공작과는 완전히 다른 거죠. 아무리 현실과 망상을 구별할 수 없게 되고, 아무리 추리소설로부터 강렬한 영향을 받는다 해도 서술 트릭을 실제 사건에서 재현하는 건 구조적으로 무리예요. 따라서 죽는 순간에, 아무리 피해자가 서술 트릭의 명작이 전자책으로 띄워진 스마트폰을 움켜쥐고 있었다 해도 범행에 서술 트릭이 쓰였을 리는 없어요."

쐐기를 박듯 말할 필요도 없다.

문외한의 속단이었다고 순순히 인정하는 후지무라 경부였으나, 물론 그것을 알아듣게 설명해 주지 않은 추리소설 연구회의 멤버에게도 일말의 책임은 있다고 생각하는데…. 그렇다면 어째서 치라 하쿠조는 스마트폰을 움켜쥐고 죽었는가 하는 문제가 남는다.

"가능성은 열네 개 있어요."

"또, 또 ⑭번까지 있다고요?"

후지무라 경부가 기겁하자, "후지무라 경부님은 놀리는 보람이 있네요." 하더니 쿄코 씨는 어깨를 들썩이며 웃었다.

"실은 세 가지예요."

"왜 그런 거짓말을… 서술 트릭도 아닌 그냥 거짓말을."

오늘의 첫 거짓말일까. 그런 것 같지는 않다.

대화 속의 거짓말이니 괜찮은 것 같지도 않다.

"가능성 ①번 '죽기 전에 좋아했던 추리소설을 읽고 싶었다'. 가능성 ②번 '적혀 있는 트릭뿐만 아니라 소설 내용 전체에 범인에 대한 단서가 있다'. 가능성 ③번 '범인은 『XYZ의 비극』의 저자 키시자와 사다쿠니'."

이번에는 단번에 열거했다.

그래서 얼른 인지할 수 없었으나 가능성 ③번에서 터무니없는 소리를 했다. 키시자와 사다쿠니가 범인이라고?

"그야 많은 독자를 현혹시켜 온 추리 작가니까요. 그랜드 피아노 트릭쯤은 식은 죽 먹기로 떠올리시겠죠."

"…제가 그렇게 놀리는 보람이 있습니까?"

"어머, 화내지 마세요. 물론 진심으로 한 소리는 아니에요. 하지만 다잉 메시지니까요. 자신을 죽인 범인이 누군지를 치라 씨가 착각했을 가능성은 남기지 않으면 안 돼서 그런 거지, 꼭 장난으로 이름을 꺼낸 건 아니에요."

"치라 씨가 자신은 키시자와 사다쿠니에 의해 죽는다고 믿었다는 건가요?"

"죽는 순간 혼란에 빠진 상태로는 무슨 생각을 할지 알 수 없으니까. 어차피 죽을 거면 경애하는 추리 작가에 의해 죽고 싶다, 그의 작품 중 하나가 되고 싶다고 해도 이상할 건 없어요."

이상하다, 라고도 할 수 없나.

살인 사건 같은 비일상 속에서는 인간이 얼마나 불합리하고 영문 모를 행동을 취하는지 후지무라 경부는 알고 있다. 추리소설에 대해서는 몰라도 사건 현장에 대해서는 알고 있다.

"살해될 때는 완전 범죄로 살해되고 싶다는 건 미스터리 마니아의 입버릇이니까요. 하긴, 그들이라고 진심으로 하는 소리는 아니지만요."

"하시는 말씀은 알았습니다. 시비조로 말해 죄송했습니다."

"아뇨, 아뇨. 놀린 것도 분명하니까요."

분명한가.

"…다만, 가능성 ③번일 경우에는 별로 의미가 없는 메시지죠. 도저히 진지하게 받아들일 수가 없는, 제정신을 잃은 상태에서 쓰인 유언장인 셈이에요."

그렇다면 가능성 ①번과 가능성 ②번을 검증하게 된다. '①'이라고 맨 처음으로 꼽았으니 쿄코 씨는 그 가능성이 가장 높다고 생각하는 것일까?

"네. 자신의 죽음을 확신했을 때, 마지막 물[*] 한 모금을 마시려던 게 아니라 마지막 수수께끼로서 좋아하는 추리소설을 읽으려고 했다. 가장 있을 법한 일이에요."

뭐, 확실히 '좋아하는 추리 작가에게 살해되고 싶다'만큼 마니악한 바람은 없었을 것이다. 마니아가 아닌 후지무라 경부라도 그나마 간신히 이해할 수 있다.

"단."

하고 쿄코 씨는 말을 이었다.

"치라 씨는 그 『XYZ의 비극』이라는 책을 전부 암기하고 있었다고 해요. 그렇다면 굳이 실물을 화면에 띄워 읽을 필요는 없다고도 할 수 있죠. 머릿속에 떠올리면 그만이니까요."

"…뭐, 본인이 그렇게 말했을 뿐, 실제로 전부 암기했는지 어떤지는 불확실한데요?"

"네. 그러네요. 하루 이내의 기억력이라면 자신 있는 저로서도 전부 암기하기는 힘들어요. …그렇다 해도 이미 읽은 책을 마지막 순간 또 한 번 읽으려 한다는 것은 이해할 수 없어요. 굳이 읽는다면, 해결 편이 궁금해서라도 현재 읽고 있는 서적의 다음 부분을 읽지 않을까요."

추리소설 연구회에 속한 멤버로서 현재 읽고 있는 책이 없다

※마지막 물 : 임종하는 사람의 입을 임종 시의 입회자가 돌아가면서 물로 적시는 일본의 장례 의식을 말함.

는 건 있을 수 없으니까요, 라고 쿄코 씨는 말했다.

"아니, 있을 수 있는지 없는지는 둘째 치고, 막상 죽어 갈 때 그 책이 수중에 있을지 없을지는 또 다른…."

말하던 도중 깨달았다.

그렇지 않다, 제본되지 않은 전자책이라면 스마트폰 안에 무더기로 들어 있을 게 틀림없다. 늘 책장을 가지고 다니는 거나 마찬가지다. 그렇다면 그것을 불러오면 그만이다.

작업량은 전혀 다르지 않다.

"아까, 탐정답게 예의 없이 스마트폰 속의 라이브러리를 슬쩍 봤는데, 읽다 만 책이 있더라고요. 지난달에 갓 나온 신작인 모양이에요. 그 책이 아니라, 이미 다 읽었을 『XYZ의 비극』을 펼쳐 둔 데에는 특별한 의도가 있었다고 봐야 할지도 몰라요."

그런 짓을 했단 말인가.

완곡하게 막았다고 생각했는데. 뭐, 비밀 유지를 엄수하는 탐정이므로 증거품인 스마트폰을 살피는 일쯤은 해도 상관없지만.

"그렇지만 읽다 만 추리소설이 취향에 별로 맞지 않았을 가능성은 없습니까? 마지막 순간에 읽을 책으로서는 잘 모르는 책이 아니라 이미 재미있다는 걸 아는 책이 좋았다든지…."

"물론 그럴지도 몰라요. 오히려 그렇게 생각하는 것이 자연스럽죠. 다만, 마음에 걸리는 부분은 화면에 표시되어 있었던 것이 『XYZ의 비극』의 **표지**였다는 점이에요."

결국 읽지 못했잖아요.

라는 쿄코 씨의 말에 후지무라 경부는 비로소 그 부분에 생각이 미쳤다. 확실히 '마지막 순간에 읽고 싶었다'라고 한다면 본문까지 페이지를 넘겼어야 마땅하다.

당연히 그 전에 기력이 다했다고 볼 수도 있지만… 다른 가능성을 검토할 여지는 남는다.

"따라서 가능성 ②번이에요. 서술 트릭과 관련된 것이 아니더라도 혹시 책 어딘가에 범인으로 이어지는 힌트가 있다면?"

"있다면, 어떻게 되죠?"

"두 손 들어야겠죠."

쿄코 씨는 실제로 양손을 들어 '항복' 포즈를 취했다. 그 순간 후지무라 경부는 그녀가 아직 장갑을 끼고 있음을 깨달았다.

"신서 사이즈*. 상하권을 합쳐서 천 페이지가 넘었던 책이라고요. 합본판인 전자책으로는 천오백 페이지에 달했어요. 그런 책 속에서 다른 단서 없이 범인으로 이어지는 정보를 찾는 건, 정말 도저히."

적어도 하루 이내로는 무리예요, 라고 쿄코 씨는 딱 잘라 말했다. 가장 빠른 탐정이 그렇게 딱 잘라 말한 이상 정말 무리인 것이리라.

※신서 사이즈 : 판형(判型)의 하나로 가로 103mm, 세로 182mm의 출판물을 가리킨다.

그 부분에서는 판단이 엄격한 사람이라고 들었다. 할 수 없는 일은 할 수 없다고 단호하게 거절한다고 한다.

"소문으로는 들었지만 페이지 수만 많은 게 아니라 등장인물 수도 장난 아니에요. 그중에는 이번 사건의 관계자와 비슷한 이름의 캐릭터도 없지 않았지만, 이름이 백 개, 이백 개 나오다 보면 몇 개쯤은 겹칠 테니까요."

전자책의 표지만 봐서는 알 수 없었지만 아무래도 어마어마한 소설인 모양이다. 제본된 책을 본 적은 없는데 그런 두꺼운 책을 판다고 해도 후지무라 경부는 사려고 하지 않을 것이다.

"그렇다면 피해자가 스마트폰을 움켜쥐고 있었던 이유가 가능성 ①번이었든 가능성 ②번이었든, 만에 하나 가능성 ③번이었든, 수사의 진전으로는 이어지지 않는다는 겁니까."

"네. 게다가 그 세 가지는 『XYZ의 비극』이 띄워져 있던 것에 의미가 있다고 가정했을 경우의 가능성이에요. 탐정으로서는 더 유감스러운 가능성을 검토하지 않을 수 없어요."

"네? 유감스러운 가능성?"

"패턴 외, 굳이 따지자면 가능성 제로지만. 피해자가 조작 실수로 『XYZ의 비극』을 불러왔을 가능성이에요."

퍼뜩 깨달은 후지무라 경부. 조작 실수.

그렇구나, 스마트폰에는 그게 있다.

손끝이 조금만 닿아도 뜻밖의 앱이 실행되거나 글자가 입력된다. 하물며 죽어 가는 상황이다.

"제가 기억하는 모습과는 동떨어져 있어서 격세지감도 들지만, 아무리 기능이 확장되어도 어디까지나 전화기니까. 누군가에게 전화를 걸어 도움을 요청하려고 하는 게 보통 아닐까요."

보통이다.

더할 나위 없이 보통이다.

물론 범인이 그 자리에 있는 상황에서 알아차리지 못하게 전화를 걸거나 문자를 보내는 일은 간단하지 않을 테고, 어차피 죽을 테니 도움의 손길을 요청해 봤자 헛수고라고 생각했을지도 모르지만….

"경찰로서도 당연히 스마트폰 이력은 샅샅이 조회했지만, 사망 추정 시각 즈음에 피해자가 어디론가 전화를 걸거나 문자를 보냈다는 보고는 없었습니다. 쿄코 씨는 치라 씨가 통화 앱이나 문자 앱을 실행하려다가 잘못하여 전자책 앱을 불러왔다고 추리하시는 겁니까?"

"아뇨, 어디까지나 '유감스러운 가능성'이에요. 개연성의 문제죠. 더욱 철저히 유감스러워지자면, 피해자는 혼탁한 의식 속에서 아무런 의미도 없이 그저 반사적으로 휴대전화를 꽉 움켜쥐었을 뿐이라는 가능성도 있어요. 그 결과 『XYZ의 비극』이 열렸을 뿐…."

"그것도, 있을 법하군요."

참으로 덧없는 가능성이다.

조작 실수도 잘못 연 것도 아니라니, 과연 철저히 유감스럽다. 그러나 고통과 패닉이 엄습했을 때 근처에 있는 것을 강하게 움켜쥔다는 것은 자연스러운 생체 반응이다.

"그렇게 되면 쿄코 씨. 차라리 다잉 메시지에 대한 건 이제 생각하지 않는 게 좋을까요. 그 방면으로의 접근은 포기하고 착실히 증거와 증언을 모아야 될까요."

꾀부리지 말고 뻔질나게 현지 섬에 드나들라는 하늘의 계시인지도 모른다. 딱히 꼼수를 쓰려던 것은 아니었지만.

"물론 다른 접근도 병행해서 진행해야겠지만 후지무라 경부님, 그렇게 결론을 서두르지 마세요. 가장 빠른 탐정이라고 해서 포기까지 가장 빠를 필요는 없겠죠. 방금 말씀하셨는데, 경찰에서는 이미 스마트폰 조사를 마친 거죠?"

"아, 네. 그야, 물론."

"조회한 것은, 통화 이력과 문자 이력뿐인가요?"

"…그건, 어떤 의미의 질문이죠?"

"잘못해서 『XYZ의 비극』을 실행시켰다는 가설을 검증해 보면 치라 씨가 정말 열고 싶었던 것이 꼭 통화 앱이나 문자 앱이었다고는 할 수 없지 않겠어요? 예를 들어 사진 앱을 열어 범인의 얼굴 사진을 띄우려 했는지도…."

"아아, 과연. 그런 뜻입니까. 확실히 요즘 학생답게 스마트폰 안에는 앱이 잔뜩 다운로드되어 있었다고 하던데…. 네, 물론 스마트폰 내용은 감식반이 조사했을 겁니다. 통화한 이력과 저장된 사진이 대표적인 예인데, 요새 스마트폰은 개인 정보 덩어리니까요. 설사 피해자가 움켜쥐고 있지 않았다 해도 트러블의 이유를 파악하는 데는 중요한 증거가 됩니다."

"그렇지만, 수상한 데이터는 찾을 수 없었다?"

"네… 그렇게 들었습니다."

"그럼, 여쭙고 싶은데요."

하며 쿄코 씨는 다시 스마트폰 화면에 손끝을 댔다. 후지무라 경부에게도 화면이 잘 보이도록 스마트폰을 책상 위에 둔 채로 경쾌하게 조작한다.

쿄코 씨가 실행한 것은 '계산기' 앱이었다. '계산기'? 아무래도 프리 인스톨되어 있는 기본 계산기가 아니라 다운로드된 유료 앱인 듯한데….

"메모리에 저장되어 있던 이 계산식을 수사본부에서는 어떻게 받아들이고 계시나요?"

독서 중에 화면을 조작하다가 **우연히** 발견했는데요, 라고 쿄코 씨는 말했지만 전혀 우연 같지는 않았다.

왜냐하면 그 계산식이 저장된 일시와 시각이 피해자의 사망 추정 시각과 거의 일치했기 때문이다. 그것은 아래와 같은 내용이었다.

'+5-12+40+20-8+221-9-14-94+7-8-18-19+20+143'.

7

계산기는 맹점이었다.

통화 이력이나 문자 이력이나 브라우저 이력, 혹은 앨범이나 메모장 앱 기록이라면 이렇게 간과할 리 없는데, 설마 계산기 앱 안에 이런 단서가 남아 있을 줄이야.

물론 이것이 꼭 범인으로 이어지는 단서라고만은 할 수 없지만, 계산식의 저장 시각으로 보아 사건과 전혀 무관하다는 것은 있을 수 없으리라.

그런데… '+5-12+40+20-8+221-9-14-94+7-8-18-19+20+143'?

뭐야, 이 계산식은?

"계산식의 답은 274가 되는데요."

라고 순식간에 답을 낸 쿄코 씨.

독서를 하면서(더욱이 서술 트릭 강의를 하면서) 스마트폰 안을 살폈을 것을 생각하면, 게다가 분명 구석구석 살폈을 것을 생각하면… 이 사람, 머리 회전이 너무 빠르다.

이 사람은 대체 동시에 몇 가지 일을 할 수 있는 걸까.

"274… 하지만 특별히 뭐가 떠오르는 숫자는 아니군요."

"네. 이것이 813이었다면 힌트가 되었을지도 모르지만."

추리소설 연구회 소속인 만큼, 이라고 쿄코 씨는 의미 불명의 말*을 했다.

"제일 가능성이 높은 건 죽는 순간 스마트폰으로 도움을 요청하려다가 떨리는 손가락으로 조작을 잘못하여 계산기 앱이 켜졌고, 영문을 알 수 없는 수식이 입력되고 만 케이스겠죠."

"으~음…. 그리고 또 잘못해서 전자책 앱을 실행시키고 말았다는 겁니까?"

"맞아요. 그리고 또 또 잘못해서 『XYZ의 비극』을 열고 말았다. 뭐, 이 정도 우연은 일어날 수 있다고 생각해요. 사라져 가는 의식 속에서 잘못이 되풀이되어도 이상할 것은 없죠. 단, 이쯤 되면 우연이 아니라고 생각하는 편이 탐정으로서는 납득이 가요. 제가 임시로 추리한 그랜드 피아노 트릭이 사용되었다면 범인의 눈을 피해 스마트폰을 조작할 시간은 충분히 있었을 테니까요."

어째서 충분히 있었을까 생각하다가, 그렇구나, 그랜드 피아노에 '짓눌려' 있었기 때문인가, 하고 이해했다. 즉, 분해한 그랜드 피아노를 다시 조립할 때 당연하게, 우선 맨 처음으로 범인은 피해자의 몸 위에 지붕을 놓게 되기 때문이다. 밑에 깔린다

※의미 불명의 말 : 813은 아르센 뤼팽 시리즈로 유명한 프랑스의 추리소설가 모리스 르블랑을 연상시키는 숫자이다. 작품 중 『813의 수수께끼』 시리즈가 있다.

는 것은 보이지 않는 곳에 들어간다는 뜻이기도 하다.

키보드와 달리 액정 화면의 블라인드 터치는 난이도가 높겠지만, 단순한 조작이나 숙련된 조작이면 못 할 것도 없다. 계산기 앱을 이용한다거나, 즐겨 읽던 전자책을 불러온다거나?

다만, 범인이 현장에 남아 있었다면 전화를 할 수 없었던 점은 그나마 이해가 간다 쳐도, 문자를 이용한 도움은 요청할 수 있지 않았나 하는 의문이 아무래도 남는다.

"그 점은 사실 해결 가능해요. 살해된 사람이 경음악부 멤버라면 해결은 어렵지만, 치라 씨는 추리소설 연구회 멤버니까요."

"……? 무슨 의미죠?"

"살인 사건의 피해자는 다잉 메시지를 남기지 않으면 안 된다, 그것도 가능한 한 난해한 기록으로, 라는 미스터리 마니아 특유의 의무감에 사로잡혔다는 해석을 할 수 있죠."

다소 무리가 있지만요, 라고 쿄코 씨는 말했다. 또 놀리는 건가 싶었지만 이번에는 백 퍼센트 진심인 듯하다.

그렇지만 도움을 요청하는 것보다 암호를 남기는 것을 우선하다니… 병이 중증에 접어들어 그야말로 '어차피 살해될 거면 완전 범죄로 살해되고 싶다'보다 '좋아하는 추리 작가에게 살해되고 싶다'에 가까운, 후지무라 경부로서는 이해할 수 없는 감정인데….

"추리소설 연구회의 부장된 자로서 다잉 메시지도 남기지 않고 죽는다는 건 부끄러운 일이다. 죽는 순간 그런 식으로 생각했을지도 모르죠."

"…그건, 혼탁한 머리로 생각했다는 뜻이죠?"

"물론이에요. 역시 보통의 정신 상태라면 그런 식으로는 생각할 리 없어요. 피해자의 사인이 두부 가격에 의한 것이었음은 강조해 둬야겠죠."

그런 이유로.

쿄코 씨는 출발점으로 되돌아가듯이 말했다.

"이번에는 이 계산식을 축으로 『XYZ의 비극』을 해석해 볼까요. 그 경우에는 어떤 가능성을 생각할 수 있을까요?"

8

추리소설에 무지했던 후지무라 경부의 빗나간 요청과, 기억이 갱신되지 않는 그녀에게 있어 사실상 '미지의 테크놀로지'라고도 할 수 있는 스마트폰이 얽힌 다잉 메시지에 대해, 이도 아니다 저도 아니다 딴지를 걸면서도 지금까지 막힘없이 논스톱의 고속 회전으로 추리를 전개해 온 망각 탐정이었으나, 이쯤되자 마침내,

"……."

하고 발을 멈추었다.

사고를 멈추었다고 해야 할까, 입을 다물고 말았다.

"왜, 왜 그러시죠?"

뭐랄까, 후지무라 경부의 부족함도 있고 해서 어수선했던 상황도 가까스로 '제대로' 된 다잉 메시지가 등장함으로서 '보통'의 살인 사건이 된 게 아닐까 하는 기대가 있었는데. 어째서 망각 탐정은 이 순간 생각하다 못해 고개를 숙여 버렸을까?

"난처하네요. 아무것도 생각나지 않아요."

"네?"

"실례, '아무것도'라는 건 지나치게 나약한 소리였어요. 그야 무엇이든 좋다면 얼마든지 생각은 나지만, 이렇다 할 가설은 없어요…."

그것은 지금까지 호쾌한 진격을 이어 온 '명탐정'의 생각지도 못한 항복 선언이었지만, 오히려 그녀가 더 당황해 보였다. 책상 위의 스마트폰을 조작하여 계산기 앱을 닫더니 다시 『XYZ의 비극』을 불러와 재빨리 페이지를 넘겼다. 도저히 속독으로도 읽을 수 없을 듯한 스피드로 오른손 집게손가락을 놀려 슬라이드한다.

"틀림없이 그 계산식을 『XYZ의 비극』에 대입하면 답이 나올 거라고만 생각했는데 영 그럴 기미가 보이지 않아요. 혹시 계산식도 전자책도 사건과 무관한 것일까요?"

쿄코 씨는 후지무라 경부를 상대로 말한다기보다 혼잣말처럼 중얼거렸다.

"그래서 계산식만 단독으로 생각해 봤는데도 막다른 골목이에요. 어떤 가설도 확 와닿지 않아요. 으~음…."

"자, 잠깐 쉴까요? 지금까지, 쿄코 씨도 생각만 했으니."

후지무라 경부는 '쿄코 씨도'라고 했지만 자신에게 엄격하자면 '쿄코 씨는'이라고 말해야 할 국면이었으리라. 그는 무력감에 시달리고 있었다.

그래서 지나치게 격려하듯 말하고 말았다.

"괜찮다니까요. 적어도 계산식이 저장되어 있었다는 것에는 어떤 의미가 있을 테니까요."

"그럴까요? 달리 그럴듯한 가능성이 없으면 역시 경련을 일으킨 손가락이 아무 숫자나 입력한 것뿐이라고 결론지어야 하니까…."

나약하다기보다 풀이 죽은 듯 그렇게 말하니 의뢰자로서 가슴 아플 따름이었다. 물론 그렇게 결론짓는다고 해도 그건 그것대로 탐정으로서의 역할을 훌륭하게 완수했다고 할 수 있지만.

"커피라도 내올까요?"

말하고 보니, 불러 놓고 마실 것도 내놓지 않았음을 새삼 깨달았다. 정신이 없었다지만 사회인으로서 서툴기 짝이 없다.

"글쎄요, 지금은 사양 말고 마셔 둘까요. 블랙으로 부탁해요."

"……? 블랙으로 되겠습니까?"

사고는 당분을 소비할 테니 오히려 설탕을 넉넉하게 넣어야 되지 않을까 생각했는데,

"아니요, 너무 깊이 생각했더니 살짝 졸음이 와서 정신을 바짝 차리고 싶어요."

라며 쿄코 씨는 사양했다.

과연, 그렇다면 블랙밖에 없다.

졸음이 온다는 것은 자고 일어나면 기억이 리셋되는 망각 탐정에게 있어 치명적이다. 벽에 부딪쳐 버렸지만 지금까지의 미팅이 수포로 돌아가는 것은 환영할 수 없는 사태이다.

"알겠습니다, 그럼 잠시만….."

기다리세요, 하며 후지무라 경부가 일어서려던 순간, 반대로 쿄코 씨가,

"기다리세요."

하고 앞지르듯 그를 제지했다.

"역시 커피는 사양할게요. 그 대신, 그 펜을 빌려도 될까요?"

그러더니 가슴의 포켓에 든 사인펜을 가리켰다. 아까 쿄코 씨의 오른팔에 '등장인물 소개표'를 썼던 사인펜이다.

"네? 펜을 어쩌시려고요?"

당황하며 그녀를 보니, 방금 전의 의기소침한 빛은 잘못 본 것이었나 싶은 당찬 미소를 짓고 있었다.

"한 가지, 떠오른 것이 있어요."

"어라… 쿄코 씨, 그럼, 계산식의 의미를 알아낸 건가요?"

"아뇨, **알아내기 위한 방법**이 생각났어요. 좋은 타이밍에 졸음이 왔어요."

"???"

종잡을 수 없는 쿄코 씨의 말을 이상하게 여기면서(뭐가 좀 번뜩였나 했더니 아직 표정만큼 정상 궤도는 아닌가?) 일단은 요청대로 사인펜을 빌려주었다.

"고맙습니다."

그렇게 말하더니 일단 그 펜을 옆에 두고 쿄코 씨가 꺼낸 물건은… 화장 도구의 일종 같은 것일까, 물티슈였다.

후지무라 경부가 의아해하는 동안에도 쿄코 씨는 빠릿빠릿하게 움직였다. 왼쪽 소매를 걷어 올려 '나는 오키테가미 쿄코. 25세'로 시작되는 일련의 프로필을 노출시키고.

흡사 지우개질을 하듯 그것을 물티슈로 북북 문질렀다. 지우개와도 같아서 쿄코 씨의 프로필은 흔적도 없이 깨끗하게 말소되었다.

"뭐, 뭘 하신 겁니까?!"

그 문장을 지웠다고 딱히 쿄코 씨의 기억이 당장에 사라지는 것은 아니지만 후지무라 경부는 조바심이 났다. 자세한 시스템은 몰라도, 만약 지금 잠들면 사건의 개요를 잊어버릴 뿐만 아니라 자신이 누군지도 망각해 버리는 게 아닐까?

하필이면 뇌를 혹사하여 졸음이 밀려오는 지금, 어째서 그런 위태로운 짓을….

"아니, 그게. 서술 트릭을 써 보자 싶어서요, 저 자신에게."

대조적으로 태연한 빛을 띤 채 쿄코 씨는 펜을 손에 쥐었다. 후지무라 경부의 당혹감은 가속되어만 갔다. '서술 트릭을 써 보자'라고 해도… 서술 트릭은 추리소설 세계 속에서만 성립되는 것으로 현실에서의 사용은 불가능하다고, 쿄코 씨 자신이 실컷 말했을 텐데? 게다가 '저 자신'에게란 무슨 의미지?

…무슨 의미인지는 곧 알 수 있었다.

망각 탐정은 자신의 아래팔에 이렇게 썼기 때문이다.

'나는 치라 하쿠조. 22세. 추리소설 연구회의 부장. 그랜드 피아노로 살해되었다…'.

그것은 오키테가미 쿄코의 프로필이 아니라.

살해된 피해자의 프로필이었다.

게다가 '사망 추정 시각은'이라든지 '키시자와 사다쿠니의 저서 『XYZ의 비극』을 한 손에 움켜쥐고'라든지 '계산식 '+5-12+40+20-8+221-9-14-94+7-8-18-19+20+143'을 다잉 메시지로서'라든지 세세한 정보를 왼쪽 아래팔에 쓸 수 있을 만큼 쓰고, 그래도 성에 안 차는지 마지막에 '왼쪽 허벅지에 계속'이라고 쓰더니 이번에는 가우초 팬츠를 걷어 올렸다. 별수 없이 후지무라 경부는 시선을 돌렸다.

그쪽은 금세 다 썼는지 곧바로 쿄코 씨는,

"그럼, 안녕히 주무세요. 부디 후지무라 경부님은 잠깐 쉬다가 적당한 때를 보아 저를 깨워 주세요."

하며 책상에 푹 엎드렸다.

"아니, 아니. 쿄코 씨…."

하며 다시 돌아봤을 때, 그녀는 이미 새근새근 잠들어 있었다. 즉, 이미 늦었다.

선배의 말로는 아주 잠깐이라도 잠들어 버리면 이미 아웃인 모양이다. 그러므로 망각 탐정과 함께 사건을 수사하는 형사는 그녀가 잠들지 않게 단단히 감시해야만 한다고 들었는데.

아니, 의도는 알겠다.

알겠는데, 그래도. 그렇게까지 할 일이냐는 생각이 든다.

서술 트릭….

일단 잠들어 기억을 리셋하고, 프로필이 백지화된 상태에서 팔에 서술된 거짓 프로필을 읽어 다잉 메시지를 남겼을 당시의 피해자로 완벽 변신한다는, 이른바 의도적인 '오독'을 하려는 것이다.

서술 트릭 ⑤번 '인물의 오독'… 혹은 서술 트릭 ⑩번 '작중 작품의 오독'… 아니, 이런 건 ⑭번에 지나지 않으리라.

망각 탐정만의 수완이지만 (말 그대로 手腕이다) 아무리 생각해도 도가 지나치다. 까딱 잘못하면 자신을 완전히 잃어버릴지도 모르지 않는가.

물론 리셋된다고 해도 그것은 그녀의 기억이 갱신되지 않게된 '어느 시점'까지이므로 완전히 백지화되는 것은 아니고, 또 아무리 오독하더라도 자신이 남자 대학생이 아니라는 것쯤은 바로 알 테니 별 탈은 없으며, 서술 트릭이 노리는 것은 어디까지나 막 잠에서 깨어 비몽사몽인 순간뿐이겠지만… 위태로운건 다르지 않다.

그러나 이렇게 되면 새근새근 잠들어 있는 백발 탐정의 모습을 그저 마냥 바라보는 수밖에 없다. 아니, 이성의 잠든 모습을 지켜본다는 것도 악취미 같아서 후지무라 경부는 취조실 밖으로 나왔다. 잠깐 쉴 수 있을 턱이 없지만.

오히려 하도 신경이 쓰여서 속이 속이 아니었다. 쿄코 씨는 적당한 때를 보아 깨워 달라고 했지만 기다릴 수가 없다.

서술 트릭이 길吉로 작용할지 흉凶으로 작용할지 이전에, 그런 일을 해도 정말 괜찮을까 하는 걱정이 앞선다.

적어도 쿄코 씨가 눈을 떴을 때 바로 '정신을 바짝' 차릴 수 있도록, 그녀가 사양했던 블랙커피를 조금 진하게 내려 결국 30분도 못 기다리고 취조실로 돌아왔다.

아직 자고 있을 거라는 생각에 노크 없이 취조실 문을 열었는데,

"……."

하고, 후지무라 경부가 몸을 흔들어 깨울 필요도 없이 쿄코 씨는 이미 일어난 뒤로, 걷어 올린 왼쪽 허벅지를 확인하던 참이었다.

쓸 때는 가까스로 눈을 돌릴 수 있었지만 이번에는 보고 말았다. 그곳에는,

'왼팔의 서술은 거짓말. 나는 오키테가미 쿄코. 25세. 탐정. 기억이 하루 만에 리셋되는, 가장 빠른 탐정이자 망각 탐정'.

이라고 쓰여 있었다.

아아… 하며 긴장을 풀었다.

후지무라 경부가 마음을 졸일 필요도 없이 미리 그런 안전장치를 해 두었나. 아니, 그건 그것대로 서술 트릭이라고 해야 할지도 모른다.

일어나자마자 우선은 왼쪽 아래팔의 서술을 읽고 '피해자의 인격'을 추체험한 직후, '왼쪽 허벅지에 계속'되는 서술을 읽어 올바르게 수정한 것이다.

후지무라 경부가 감탄하고 있는데 뒤이어 쿄코 씨는 다리를 꼬듯 하여 허벅지 뒤쪽까지 확인했다. 그곳에는 이렇게 쓰여 있었다.

'의뢰인은 후지무라 경부. 자세한 것은 그에게'.

"당신이 후지무라 경부님인가요?"

비로소 고개를 든 쿄코 씨의 물음에, '치라 하쿠조'가 아닌 오

키테가미 쿄코의 물음에 후지무라 경부는 황급히 "아, 네, 그렇습니다." 하며 경찰수첩을 꺼냈다.

서술 트릭에 대해 실컷 이야기한 데다, 현실 세계에서의 서술 트릭을 눈으로 본 직후라 자신이 틀림없이 자신임을 증명하는 데 만전을 기하는 후지무라 경부였는데, 쿄코 씨는 "그렇군요. 처음 뵙겠습니다. 오키테가미 쿄코입니다."라는 '초면'의 인사도 건성건성 하고, "그럼, 후지무라 경부님. 부탁이 있어요."라고 말을 꺼냈다.

"해결 편에 필요하니 『XYZ의 비극』을 입수해 주실 수 있을까요?"

"……? 아니, 『XYZ의 비극』이라면 그 스마트폰 안에…."

스마트폰이 어떤 기기인지는 왼팔에 쓰여 있었으려나 생각하면서 그렇게 답변하다가, 후지무라 경부는 속으로 '어?' 했다.

해결 편? 해결 편이라고?

"쿄코 씨, 설마 피해자가 남긴 다잉 메시지의 의미를 추리했다는 겁니까? 『XYZ의 비극』이 띄워진 스마트폰을 움켜쥐고 있었던 의미도, 저장된 계산식의 의미도."

"네. 저는 이 사건의 진상을 처음부터 알고 있었어요."

불과 30분 전 벽에 부딪쳐 고개를 푹 숙이고 있던 망각 탐정은 의기양양한 얼굴로 태연하게 그런 소리를 했다. 노출된 다리를 꼬고 있어서 경박하기보다는 뻔뻔스럽다고까지 말할 수 있는 태도이다.

"단, 해결 편을 진행하기 위해 입수해 주었으면 하는 것은 전자책이 아니라 신서 사이즈의 **노블판**[*], 『XYZ의 비극』의 원판이에요."

9

그런데 망각 탐정은 "다만, 그랜드 피아노를 어떻게 흉기로 썼는지, 그에 쓰인 트릭은 아직 모르겠네요."라고 덧붙였다. 엉망진창이다.

아래팔에 쓸 수 있는 정보량은 한정되어 있고, 또 그렇지 않으면 경찰 수사에 협력하는 망각 탐정으로서 비밀 유지 의무를 엄수할 수도 없겠지만… 그런 모습이라 후지무라 경부로서는 아직 미심쩍었다.

따라서 책을 잘 아는 부하 경찰에게 맡길 수도 없어 후지무라 경부는 익숙지 않은 책방의 익숙지 않은 코너로 몸소 향하게 되었다.

키시자와 사다쿠니의 저서 『XYZ의 비극』 노블판.

상하권 합쳐 천 페이지 이상.

※노블판 : 출판 형식의 하나로, 일본의 출판업계에서는 일반적으로 신서 사이즈의 소설 또는 그 시리즈를 뜻한다.

전자책이라는 데이터가 아니라 물체의 형상으로 직접 보니 그 두께는 압권이었다. 서술 트릭이고 뭐고 간에 이만한 분량의 글을 읽으면 진상 따위는 신경이 안 쓰이지 않을까.

어쩌면 '대량의 글자를 쓴다'라는 서술 트릭일지도 모른다고 생각하면서 후지무라 경부는 경비로 책을 구입하여 경찰서로 돌아왔다. 취조실의 쿄코 씨는 커피를 다 마신 뒤였는데,

"잘 다녀오셨어요? 기뻐해 주세요, 그랜드 피아노의 트릭도 알아냈어요!"

라며 의기양양한 모습이었다.

뭐라고 하면 좋을지 알지 못한 채, 후지무라 경부는 구입해 온 『XYZ의 비극』 상하권을 스마트폰과 나란히 책상 위에 놓았다.

"어머, 새 책으로 구하셨나요? 이미 절판되어 헌책방에 의지할 수밖에 없다고 생각했는데, 원판이 아직 유통되고 있다니 역시 서술 트릭의 금자탑이네요. 분명 피해자 치라 씨도 처음에는 이 형태로 읽었겠죠. 문고판도 전자판도 아닌."

"…형태가 달라도 내용은 같은 거죠?"

"네. 문고판으로 떨어질 때 원판을 대폭 수정하는 작가님도 계시지만, 기본적으로 내용이 바뀌는 일은 없어요."

문고판으로 나온다는 표현도 후지무라 경부로서는 금시초문이었다. 그런데 쿄코 씨는 후지무라 경부에게 헌책방까지 돌게 할 셈이었나.

사람을 너무 거칠게 다룬다.

"후지무라 경부님이 책을 사러 간 사이 이 스마트폰을 살펴보았는데 제가 잊고 있는 동안 전자책도 완전히 보급되었나 보네요. 이런 두꺼운 책은 갖고 다니기 힘드니 원판이 있어도 전자책을 사 버리는 마음은 이해가 돼요."

"네…."

후지무라 경부는 같은 책을 몇 권이나 사려는 심리를 잘 모르겠지만. 내용은 같잖아?

"내용은 같아요. 단."

레이아웃이 달라요.

그렇게 말하고 쿄코 씨는 『XYZ의 비극』 상권의 페이지를 펼쳤다. 뭐랄까, 책 사이즈가 다르니 레이아웃이 다른 건 당연한데, 전자책이라면 레이아웃은 자유롭게 변경할 수 있는 거 아닌가 생각하며 들여다보고 후지무라 경부는 경악했다.

"뭐, 뭡니까, 이건…?"

한 페이지의 글이 두 단으로 있었다. 위에 한 단, 아래에 한 단.

반대쪽 페이지도 같은 구성으로 되어 있어, 떨어져서 양 페이지를 보니 꼭 한자의 '田' 같았다[*].

※일본의 출판물은 일반적으로 세로쓰기를 하고 있다. 우철 형식으로 제본하며, 책을 펼쳤을 때 오른쪽에서 왼쪽으로 읽는다. 이 레이아웃은 한 페이지에 짧은 문단을 2개 배치한 것이다. 펼쳤을 경우 양 페이지에 4개의 블록이 만들어진다.

"이, 이건 어떤 순서로 읽어야 되죠…?"

"세로쓰기 된 신문과 같다고 생각해 주세요. 상단을 읽으면 하단, 하단을 읽으면 다음 페이지 상단으로. **이단 편집**이라고 해요."

신문과 같다면 분명 그렇게 괴상한 레이아웃은 아니겠지만… 이단 편집?

"신서 사이즈의 소설, 즉 노블에서는 일반적인 레이아웃이에요. 아니, '이었어요'라고 해야 할까요. 제가 기억하는 시기에도 감소 일로를 걷던 레이아웃이거든요."

"그거야… 뭐."

이런 이상한 레이아웃은 읽기가 영 불편해서 견딜 수 없죠, 라고 말하려다가 가까스로 참았다. 마니아 앞에서 괜한 말을 지껄이면 안 되리라.

그럼에도 전해지고 말았는지 쿄코 씨는 다소 쓸쓸한 미소를 띠고,

"이 책을 새 책으로 구했다면 아무래도 아직 멸종되지는 않은 모양이지만, 이렇게까지 전자책이 보급된 이상 이미 풍전등화겠죠."

라고 말했다.

"……? 전자책 보급과 레이아웃에 뭔가 관련이 있습니까? 전자책은 레이아웃을 읽기 쉽게 자유롭게 바꿀 수 있잖습니까."

"아뇨, 후지무라 경부님이 없을 때 시험해 보았는데 전자책이라도 레이아웃을 이단 편집으로 설정하는 건 무리예요. 행의 수, 문자 수, 폰트 크기 등은 자유롭게 조절할 수 있지만 단의 수는 변경할 수 없어요."

그렇단 말인가?

아니, 생각해 보면 도서의 전자화는 활자 기피를 막기 위한 시도이기도 할 테니, 출판사와 앱 개발자가 굳이 책을 읽기 힘들게 만들 고민을 할 턱이 없다.

물론 전자책 리더기도 앱도 천차만별 각양각색이니 이단 편집으로 설정할 수 있는 것도 있겠지만, 없는 쪽이 주류일 것임에는 틀림없다. 사실상 쿄코 씨의 말대로 치라 하쿠조의 스마트폰에 깔려 있던 앱에서는 설정할 수 없는 듯했다.

설령 설정할 수단이 있다 하더라도 태블릿이라면 모를까, 스마트폰 화면에서 그렇게 표시할 이유는 없으리라….

"익숙해지면, 이건 이것대로 읽기 쉬운데 말이죠."

라고 쿄코 씨는 말하지만 어딘지 변명 같았다. '익숙해지면' '이건 이것대로'라고 말하는 시점에서 이단 편집이 읽기 힘든 것 자체는 그녀도 인정하는 듯하다.

후지무라 경부는 그녀를 위로하려고,

"뭐, 쇠퇴할 숙명에 놓인 것이 쇠퇴할 뿐인걸요."

라고 말했지만 쿄코 씨는 미묘한 얼굴을 했다. 위로 실패.

애당초 마니아의 기분을, 활자 기피 정도가 아니라 아예 접해 보지도 않은 후지무라 경부가 알 수 있을 리 없었다. 따라서 방향을 틀어, "근데, 그래서 어쨌다는 겁니까?"라며 이야기를 앞으로 끌고 나갔다.

분명 지금은 서적 문화를 논하는 자리가 아니라 해결 편을 이야기하는 자리다.

"피해자 치라 씨가, 이 원판? 노블판?을 읽었다면 뭔가 달라집니까?"

"이 계산식이 크게 달라져요."

쿄코 씨는 스마트폰을 조작하여(후지무라 경부가 없는 동안 다시 숙달된 듯 경쾌한 조작이었다) 계산기 앱을 실행시켰다. 그리고 그 의미 불명의 수식을 띄웠다.

'$+5-12+40+20-8+221-9-14-94+7-8-18-19+20+143$'.

"이 계산식이 의미하는 바를 알 수 있거든요. 전자판 『XYZ 의 비극』과 조합하면 이것은 의미 불명의 나열이지만, 노블판 『XYZ의 비극』과 조합하면 이것은 의미를 지니게 돼요."

"……?"

무슨 말을 하는 건지 전혀 모르겠다.

내용은 같은데 왜 그것이 이단 편집으로 표시되기만 해도 수수께끼가 풀리는 거지?

"흐음. 그럼, 이렇게 하면 이해에 도움이 되려나요?"

쿄코 씨는 왼쪽 소매를 걷어 올렸다. 그곳에 쓰여 있던 치라 하쿠조의 프로필은 이미 물티슈로 지워져 있었는데, 그녀는 그곳에 새로 문장을 써 넣었다.

아니, 문장이 아니라, 계산식을.

쿄코 씨는 스마트폰 화면에 띄워진 수식을 왼팔에 베껴 쓴 것이다. 게다가 그냥 베끼기만 한 게 아니라 새로운 요소를 덧붙였다.

'(+5, −12, +40) (+20, −8, +221) (−9, −14, −94) (+7, −8, −18) (−19, +20, +143)'.

덧붙여 쓰인 것은 '( )'와 ', '이다. 이해에 도움이 되기는커녕 혼란에 박차가 가해진 느낌이다.

"아직도 모르시겠어요? 이 계산식은 좌표를 표현한 거예요."

"좌, 좌표?"

"『XYZ의 비극』, 이 제목이 열쇠였어요. 'XYZ', 즉 X좌표와 Y좌표와 Z좌표예요."

거기까지 듣고 비로소 후지무라 경부는 "앗…!" 하며 망각 탐정이 하려는 말을 이해했다. 피해자가 전달하려 한 다잉 메시지를, 수령했다.

책을 읽지 않는다고 해서 특별히 수학을 잘 아는 것도 아니지만, 후지무라 경부라 해도 좌표 정도는 안다. X축과 Y축에 의해 열십자로 나뉜 그것이다.

가로와 세로.

거기에 높이인 Z축을 더해, XYZ다.

그리고 처음 보는 후지무라 경부이기에 더 그렇게 느끼는 건지도 모르지만, 아까 한자의 '田' 같다고 생각했던 이단 편집 레이아웃은 좌표도와도 아주 판박이였다.

"오른쪽 페이지 상단을 제1사분면, 왼쪽 페이지 상단을 제2사분면, 왼쪽 페이지 하단을 제3사분면, 오른쪽 페이지 하단을 제4사분면이라고 생각해 주세요. 그리고 페이지 수는 Z축이에요. 상권이 플러스고 하권이 마이너스인 셈이죠."

그렇게 설명하며 쿄코 씨는 『XYZ의 비극』의 페이지를 각기 딱 한가운데서 펼쳐 책등끼리 맞댔다. 상하권.

이라기보다 상하 대칭의 모양.

"맨 처음의 '(+5, −12, +40)'라는 건 상권 40페이지의 하단, 즉 제4사분면의 뒤에서 다섯 번째 줄, 열두 번째 글자를 의미하는 거예요. 알기 쉽죠?"

알기 쉽…지는 않다.

오히려 알기 힘들다.

그런 건 해당 서적을 전부 암기한 애독자가 아닌 이상 풀 수 있을 리 없다. 구상하는 것조차 쉽지 않으리라.

"네. 설사 정말로 원판을 다 암기했다 하더라도 얼른 떠올릴 수 있을 만한 다잉 메시지는 결코 아니에요. 상단과 하단, 오른쪽 페이지와 왼쪽 페이지, 상권과 하권 각각에서 숫자가 반전되기에 실물을 보면서가 아니면 도저히 검증할 수 없어요. 그래서 후지무라 경부님께 심부름을 시킨 거예요. 아마 피해자 치라 씨는 이 암호를 축으로(그야말로 축으로) 언젠가 소설이라도 쓰고자 평소 구상해 둔 것이었겠죠. 추리소설 연구회 멤버답게."

"작중 작품이로군요."

"맞아요. 용케도 그런 전문 용어를 알고 계시네요."

가르쳐 준 장본인이 감탄하니 후지무라 경부로서는 마음이 복잡했다. 다만, 평소 구상해 둔 암호라면 피해자가 그것을 다잉 메시지로 남긴 이유가 무엇인지는 이제 들을 필요도 없었다.

명탐정에게서 직접 이 정도 강의를 받고 삼가 해결 편까지 들은 후지무라 경부는 추리소설을 읽은 적은 없어도 이미 문외한이 아니었다. 즉, '어차피 살해될 거면 좋아하는 추리 작가에게 살해되고 싶다'라느니 '어차피 살해될 거면 완전 범죄가 좋다'라느니 '살해될 때는 다잉 메시지를 남길 의무가 있다'라느니 하는 팬 심리에 의거한 이유를, 이해할 수는 없어도 상상할 수는 있었다.

기껏 구상한 암호를.

쓰지 않고 죽어 가는 것을 참을 수 없었으리라. 추리소설 연구회의 부장으로서.

"원판을 움켜쥐고 죽을 수 있었다면 이상적이었겠지만, 그 부분은 전자책으로 대체할 수밖에 없었을 거예요. 때마침 갖고 있을 만한 사이즈의 책이 아니니까요. 하지만 결과적으로는 그 때문에 난이도가 올라갔으니 분명 피해자도 편히 눈을 감았을 거예요."

확실히 서술 트릭을 행사하기 전의 쿄코 씨가 암호 해독의 벽에 부딪친 건 전자판 『XYZ의 비극』을 읽고 말았기 때문이리라. 스마트폰 화면에 표시된 전자책의 읽기 쉬운 레이아웃이 선입관을 심어 주어 오히려 다잉 메시지 해독에 방해가 되었다. 서술 트릭을 장치하고 한 번 잠이 들어 기억을 리셋했기 때문에, 피해자가 가리키고 싶었던 것은 해당 서적의 제본판, 그것도 원판인 노블판임을 쿄코 씨는 직감할 수 있었다.

이런, 이런. 설사 저장되어 있던 계산식을 간과하지 않았더라도 후지무라 경부라면 이런 다잉 메시지를 풀 수 있을 리 없다. 이단 편집 레이아웃이 아니면 명탐정조차 해독할 수 없는 암호니까.

"요컨대, 이중 암호쯤 되려나요?"

후지무라 경부가 시답잖은 소리를 하자 쿄코 씨도 자조적으로 미소 지으며 "네. 암호이니 읽기 힘든 게 정답이죠."라고 대꾸

했다.

"어디, 해독하면 대체 어느 분의 이름이 등장할까요? 사전에 구상해 둔 암호라면 추리소설 연구회의 멤버 이름이 나올 가능성이 높지만, 경음악부 멤버와도 모르는 곳에서 접점이 있었을지도 모르니까요… 어머나?"

검증을 마친 망각 탐정은 노블 상하권의 이곳저곳에서 픽업하여 직접 왼팔에 서술한 문자열을 보고 이상하다는 듯 고개를 갸웃했다.

그도 그럴 게.

이중 암호가 가리키고 있었던 것은 너무도 의외인 범인이었다.

오키테가미 쿄코의 가계부

제3화

오키테가미 쿄코의 심리 실험

1

모모치하마百道浜 경부는 망각 탐정의 존재를 두려워하고 있다. 아니, 두려워하고 있다는 표현은 실제 감각과는 조금 다르다. 그가 망각 탐정과 행동을 함께할 때 부단히 느꼈던 '그것'은 일종의 경의가 느껴지는 그런 말보다도 더욱 근원적이며, 더욱 유치하고 미숙한 감정이었다.

'두려워하고 있다'라기보다도 솔직히 '무섭다'라고 해야 하는데.

보다 정확을 기해 표현하자면,

'나는 그 사람을 무서워하고 있다….'

라는 것이 된다.

싫은 게 아니다.

오히려 그 인성, 사람 됨됨이에는 호감마저 품고 있다. 그렇지만 사람으로서의 그녀가 아니라 탐정으로서의 그녀 앞에서 모모치하마 경부는 진정 기가 질리지 않을 수 없다.

'…그것도 '기가 질리다'가 아니라 '겁에 질리다'이려나.'

동료 형사들은 거의 무신경하다고 해도 좋을 만큼 망각 탐정과 허물없이 지내서, 음식 배달이라도 시키듯 의뢰할 수 있는 관계성을 구축하고 있다는 게 믿기지 않을 정도이다. 아니, 그들에게도 그들 나름대로의 갈등은 있겠지만.

공적 기관인 경찰 조직이 어디까지나 민간인인 망각 탐정에게, 어디까지나 민간 기업인 오키테가미 탐정 사무소에 사건 해결을 위한 조언을 구하는 데 심리적 저항이 있다는 것이 아니다. 그런 이유로 망각 탐정을 얄미워하는 경찰도 없는 것은 결코 아니지만, 모모치하마 경부가 꼭 그들과 뜻을 같이하는 것은 아니었다.

오히려 괜히 체면에 얽매일 것 없이, 상대가 조직 밖의 인간일지라도 적극 협력을 요청하는 자세는 더 있어야 한다고 생각한다. 망각 탐정이 망각 탐정이기 때문에 경찰에게 수사를 협력한 사실을 다음 날이면 완전히 잊고 만다는 기밀 유지의 명목이 없더라도, 사건의 조기 해결을 위해서는, 더 나아가 사회 정의를 위해서는 유능한 인재를 마구마구 활용해야 한다고 생각한다.

급할 때는 누구라도 이용하라, 라는데 하물며 탐정.

잠들어 있지 않은 망각 탐정.

그런 점에서 모모치하마 경부의 사상은 공무원에게 있을 수 없을 만큼 진보적이다.

하지만 그럼에도 불구하고 그는 망각탐정을 두려워하고 있었다.

자신이 자신을 설득할 수 없었다.

무서웠다. 무서워하고 있었다.

본능적인 감각이었기에 그것이 구체적으로 어떤 무서움인지,

대체 무엇에 의거하여 자신이 그토록 사랑스러운 백발 탐정을 무서워하고 있는지는 나름대로 분석이 필요했다. 처음에는 당연히 그 영리한 두뇌가 무서운 거라고 생각했다.

너무 머리가 좋아서 무섭다, 라는 것이다.

모모치하마 경부가 날마다 상대하는 범죄자도 그렇지만, '무엇을 생각하는지 알 수 없는 인간'이란 역시 무서운 법이다. 동기 불명의 살인 사건은 아무리 경험해도 꺼림칙하다는 말밖에 할 수가 없다. 바로 그렇기 때문에 범죄 수사에서는 동기 해명이 중시되는 것인데….

"너무 머리가 좋은 인간'이라는 건 '무엇을 생각하는지 알 수 없는 인간'과는 다르겠지만, 그래도 어딘지 꺼림칙한 것은 부정할 수 없다.'

자신이 이해할 수 없는 것을 쉽게 이해할 수 있는 인간을 이해하기란 어렵다. 따라서 수사 기관이 처리하지 못한 수많은 사건을 해결로 이끈 망각 탐정이 무섭다는 해석은 일단 성립된다.

만약 그런 이유로 망각 탐정을 싫어하는 형사가 있다면 모모치하마 경부는 그 감각을 지지하리라. 하지만 그렇다면 그것이 그 자신의 감각과 일치하는가 하면 미묘하게 어긋나 있다고 말하지 않을 수 없다.

전혀 다를지도 모른다.

왜냐하면 망각 탐정을 두려워하면서도 오해를 두려워하지 않고 말하자면, 모모치하마 경부는 망각 탐정을 '너무 머리가 좋다'라고는 평가하지 않기 때문이다. 그러기는커녕 '머리가 좋은 것'에 한해서만 말하자면 일반인인 자신과 별로 차이가 없지 않나 싶기까지 하다.

건방지게도.

아니, 자신의 뇌세포와 비교하는 것은 역시 불손하다 해도, 적어도 모모치하마 경부는 그녀보다 머리가 좋을 것 같은 인간을 여럿 알고 있다. 상사 중에도 부하 중에도 그런 인간은 있다.

물론 유능하다는 것에 의심은 없으나 망각 탐정의 두뇌 자체는 그리 특이한 게 아니다, 라고 모모치하마 경부는 해석한다.

하지만 상사도 부하도 바로는 해결하지 못했던 사건을 망각 탐정은 참 손쉽고도 가장 빨리, 엉킨 케이블이라도 풀듯이 스르륵 해결해 버렸다.

그것도 하루 안에.

어떤 사건이든 하루 안에 해결하는, 망각 탐정.

하루가 지나면 기억을 잃어버리므로 하루 안에 해결할 수 있는 사건밖에 맡지 않는다는 말이 마치 공허한 핑계 같다고 모모치하마 경부는 생각한다. 그만큼 훌륭하다.

'그래서, 무서운 건가?'

일반인과 그리 다르지 않은 능력으로 일반인으로서는 불가능한 결과를 낸다. 이유를 모르니 그 역시 무척 꺼림칙하다.

하지만 아니다. 그건 아니다.

모모치하마 경부는 **이유를 안다**.

어떻게 망각 탐정이 그 정도 퍼포먼스를 발휘할 수 있는지, 같이 수사하다 보면 왠지 모르게 납득할 수 있어서, 절절히 전해져 와서 그게 무서운 것이다.

그래서 요괴를 보듯.

귀신을 보듯, 오키테가미 쿄코를 무서워하고 있다.

2

"당신이 모모치하마 경부님인가요? 처음 뵙겠습니다. 오키테가미 쿄코입니다."

그렇게 말하며 약속 장소에 나타난 쿄코 씨의 패션은 그레이 컬러의 랩스커트에, 드레이프가 잡힌 얇은 롱 셔츠 차림이었다. 확실히 그 모습는 처음이었지만, 모모치하마 경부가 오키테가미 탐정 사무소에 조력을 구하는 것은 이번이 통산 다섯 번째이다.

잊은 것이다. 망각 탐정이기 때문에.

생글생글 웃으며, 모모치하마 경부에 대한 기억은 둘이서 도전했던 사건의 진상과 함께 망각의 저편이다. 떠올리고 싶지도 않은 그런 끔찍한 일을 잘도 깨끗하게 잊는구나 싶어 감탄하고 만다.

체질이니 당연하지만.

"네. 처음 뵙겠습니다. 제가 모모치하마입니다."

비록 과거에 가까웠더라도 의뢰할 때마다 초면을 연기하는 것이 망각 탐정에게 협력을 요청할 때의 에티켓이므로, 모모치하마 경부는 그처럼 쿄코 씨에게 장단을 맞춘다. 그나저나, 처음 뵙겠습니다는 아니더라도 꽤 오랜만이다.

저번에 네 번째 의뢰를 한 뒤로 꽤 시간이 흘렀다. 조직 밖 인재와 제휴해야 한다는 입장이며 공부 모임까지 여는 모모치하마 경부이므로 오키테가미 탐정 사무소에 더 빈번히 의뢰를 해야 하는 건지도 모르지만, 아무래도 주저하게 된다.

아무래도 '무서우니까'라고 설명할 수는 없지만.

그러나 이번에는 그 '무서움'을 억누르고서라도 망각 탐정의 손을 빌리지 않을 수 없었다. 아무리 그래도 자신의 공포감을 공무보다 우선할 마음은 없다.

'나는 용기를 내어 망각 탐정과 함께 수사할 것이다…'

호들갑스럽기는 하나 오늘 모모치하마 경부는 그런 심정이었다.

한편, 그의 그런 심정을 아는지 모르는지 쿄코 씨는 생글생글 미소 지은 채,

"그럼 어서 이야기를 들려주세요. 이동하면서 얘기할까요?"

하고, 여유로운 태도와는 달리 가장 빠른 탐정다운 속도로 모

모치하마 경부를 채근하듯이 말했다.

"아, 네. 그렇군요. 그럼, 현장으로 가는 길에 차 안에서 개요를 말씀드리도록 하죠."

"어머. 혹시, 순찰차에 태워 주시는 건가요?"

쿄코 씨는 들뜬 목소리로 말했다.

"좋아라. 저, 순찰차에 타는 거 처음이에요."

어디까지 진심으로 하는 소리인지는 심히 불확실했지만, 모모치하마 경부가 쿄코 씨를 순찰차에 태우는 것은 이번이 세 번째였다.

2

"피해자의 이름은 요코무라 쥬지横村銃児. 이른바 '밀실' 안에서 심장을 꿰뚫린 채 살해되었습니다."

순찰차는 순찰차지만 그것이 위장 순찰을 위한 차였기에 전처럼 낙담의 빛을 보인 쿄코 씨를 조수석에 태우고 주차장에서 도로로 나간 순간, 모모치하마 경부는 그렇게 운을 떼었다.

가장 빠른 탐정의 재촉이 있었지만 서론을 뺀, 다소 앞지른 감이 있는 상세 설명이다. 아무리 생각해도 이 속도는 그가 품은 공포감의 발로였다.

그것은 망각 탐정에 대한 무서움의 현현인 동시에 일어난 사건 그 자체에 대한 무서움의 현현이기도 했다.

'명탐정을 '조수'석에 태우고 차를 운전하다니, 어쩐지 질 나쁜 농담 같지만….'

그것도 세 번째가 되면 새삼스럽다. 쿄코 씨 입장에서는 처음이라 해도.

"흐음. 밀실이라고요."

쿄코 씨는 좌석 위치를 앞뒤로 조정하며 그런 식으로 반응했다. 미스터리 소설 용어이며 현실 세계에 좀처럼 등장하지 않는 그 말에는 프로로서 아주 익숙하다는 듯 침착한 태도이다.

아니, 탐정으로서의 기억이 축적되지 않는 이상, 쿄코 씨가 밀실 상황으로 대표되는 불가능 범죄에 '익숙해지는' 일은 없겠지만.

'그래…. '머리가 좋은 것'보다 오히려 이 '침착함'이야말로 망각 탐정의 본질이다…. 모든 것이 '처음'일 텐데도 상황에 익숙한 듯한 이 느낌….'

그렇게 생각하면서, 그렇게 떨면서.

모모치하마 경부는 계속 사건의 개요를 설명했다.

"네. 사건은 밀실 안에서 일어났습니다. 용의자 중 누구도 범행은 저지를 수 없었던 것으로 보이는 상황입니다."

"그렇군요. 하지만 반대로 말하면, 용의자는 있는 거죠?"

밀실 상황이기는 해도 용의자 부재 상황은 아니라는 거네요,

라고 쿄코 씨는 말했다.

말꼬리를 잡힌 것도 같았으나 매우 적확한 지적이었다. 당연히 나중에 설명하려던 것이기는 하나, 쿄코 씨가 의도치 않은 부분에서 의도를 짐작하자 모모치하마 경부로서는 간담이 서늘해지는 기분이었다.

"네. 구체적으로 말하자면 용의자는 세 명 있습니다. 피해자인 요코무라 쥬지의 가족입니다."

"가족."

"네. 아버지와, 어머니 그리고 친형입니다."

가족이 가족을 죽였다.

그 처참한 상황에 대해, 적어도 그렇게 추측되는 상황에 대해 망각 탐정이 내놓은 코멘트는,

"즉, 그런 의미에서도 밀실 안에서 이루어진 범행이라는 거로군요."

라는 것이었다.

가족이라는 밀실 안이라는 의미겠지만 재치는 패션에서만 발휘해 주었으면 좋겠다. 그런 소리를 해 봤자 차 안의 분위기가 누그러지거나 하지는 않으니까.

그만큼 그녀에 대한 공포심은 그의 안에 딱 눌어붙어 있다.

모모치하마 경부로서는 거짓 웃음을 지은 채 "그렇군요. 사건 현장도 자택 별채의 지하실이니까요."라며 이야기를 끌어 나가

는 수밖에 없었다.

"창문이 없는, 철문으로 폐쇄된 지하실입니다. 피해자는 평소 그 방에 기거했습니다. 그 침대 위에서, 말하자면 흉기에 꿰뚫려 있었던 것입니다."

"흉기에 꿰뚫린 채. 흠흠. 지하실이라면 남의 시선에 의한 밀실이나 심리적인 밀실 같은 게 아니라 원시적인 밀실인 셈이려나요. 좋았던 옛 시절의 본격 미스터리를 사랑하는 사람으로서 그 투박함은 매우 호감이 가네요."

어디까지 진심으로 하는 소리인지는 알 수 없으나, 범죄 행위에 '호감이 간다'라는 것은 모모치하마 경부가 아니더라도 눈살을 찌푸릴 만큼 불경했다.

경찰로서 한마디 하고 싶어졌다.

하지만 그런 모모치하마 경부의 기선을 제압하듯이,

"확인할게요, 사람이 지나다닐 수 있는 사이즈의 통기구 등도 없는 거죠?"

라고 쿄코 씨가 지하실에 대해 자세히 물었다.

"네. 출입구는 앞서 말한 철문뿐입니다. 사건이 발각되었을 때 그 철문은 파괴되었지만."

"파괴? 그 말은 추측건대 실내의 이상을 감지한 사람들이 도구를 이용하거나 해서 문을 파괴했다는 뜻인가요? 그리고 안에서 찔린 요코무라 쥬지 씨를 발견했다는 말씀인가요?"

"대략 그 말씀이 맞습니다. 그리고 그 발견자라는 것이 동시에 용의자이기도 한 셈입니다."

"첫 번째 발견자를 의심하라인가요? 그것 참. 사건이 투박한 건 좋은데, 그 생각은 시대에 뒤처진 망각 탐정이 보기에도 다소 구식이네요."

쿡쿡 웃는 쿄코 씨.

놀리는 것 같으면서도 교묘하게 떠보는 것 같다. 모모치하마 경부는 아마 후자일 거라고 해석했다.

지나친 생각… 아니, 심지어는 괜한 의심일지도 모르지만.

"자택 부지 안에서 일어난 사건이라면 첫 번째 발견자가 가족이 되는 건 지극히 자연스러운 일 같은데요. 용의자는 아버지와 어머니와 친형이라고 말씀하셨죠. 셋이서 함께 문을 부수고, 셋이서 함께 발견했나요?"

"네? 아, 아니요. 자세히 말씀드리자면 문을 부수는 거친 일을 담당한 건 남자들뿐입니다. 몸으로 들이받거나 근처에 있는 도구를 써서… 그 시점에는 설마 가족이 안에서 흉기에 꿰뚫린 상태로 있을 거라고는 생각하지 않았다고 합니다만."

단, 어디까지나 그것은 진술이다.

셋 중 하나는 실내 상황을 파악하고 있었을지도 모른다. 어쩌면 그것은 셋 중 둘일지도 모르고, 더 나아가서는 전원일지도 모른다.

"…음~"

쿄코 씨는 팔짱을 끼고 잠시 생각하는 듯했다.

"문이 파괴되어 개방된 밀실은 대개의 경우 '사실 문은 잠겨 있지 않았다'와 같은 유형이 되는데요…."

파괴함으로써 정말 문이 잠겨 있었는지 어떤지를 애매하게 만들려고 하는 케이스를 말하는 것이겠지만, 물론 그럴 리 없다. 쓰인 것이 그런 트릭이라면 굳이 명탐정에게 와 달라고 청할 필요도 없다.

굳이 무서움을 느낄 이유가 없다.

"조금 전 쿄코 씨는 원시적인 밀실이라고 말씀하셨는데… 잠금장치는 결코 원시적이지 않습니다. 오히려 최첨단이라고 할까요."

"최첨단."

"네. 지하실의 철문은 카드키로 관리되고 있었습니다. 지하실에 들어갈 때는 비접촉형 카드를 사용하지 않으면 쉽게 열리지 않습니다."

그럼에도 무리하게 열려면 파괴하는 수밖에 없다는 구조였다.

"음… 최첨단이라고 하셔서 긴장했는데, 다행히 시대에 뒤떨어진 제 지식 안에도 카드키 정도는 포함되어 있네요. 제 사무소 겸 자택인 오키테가미 빌딩에도 그런 설비는 있으니까. 그런데… 그런 만큼 약간 위화감이 있어요."

라고 말하는 쿄코 씨.

그야 있을 것이다. 수사 전문가는 물론이고, 비전문가라도 느끼지 않을 수 없는 위화감이다.

기업 빌딩이니 뭐니 하는 것이라면 모를까, 그야말로 기밀 유지를 간판으로 내건 오키테가미 탐정 사무소의 문이라면 모를까, 자택 지하실의 문을 카드키로 관리한다는 것은 도무지 납득이 안 간다.

"지금까지의 이야기를 듣고 저는 안에서 빗장으로 걸어 잠그는 철문을 상상했는데, 그 실체가 카드키라는 것은 참 부자연스러워요. 아니면 낡은 가죽 부대에 새 포도주를 담은 격일까요? 즉, 지하실 철문에 카드키 시스템을 추가한 것일까요?"

"네. 추측하신 대로입니다."

더 정확히 말하면 카드키와 비밀번호에 의한 이중 잠금이다. 실제로 가족은 파괴를 통해 철문을 연 셈이지만.

"밀실의 구조는 이해했어요. 하지만 그로써 의문점이 늘었네요. 밀실이라고 해서 당연히 안에서 문이 잠긴 것을 상상했는데, 그 말씀대로라면 문은 오히려 밖에서만 열 수 있는 것이죠?"

"네. 요컨대, 안에서 열 수는 없습니다. 왜냐하면."

모모치하마 경부는 핵심에 다가섰다.

"애당초 그 지하실은 피해자인 요코무라 쥬지를 **가두는 데** 쓰이던 방이었기 때문입니다."

　지하실인 동시에 지하 감옥이었습니다.

　라고 말했다.

4

　요코무라 가家의 사정… 요코무라 가의 속사정에 대해서는 현장에 도착한 다음 신중하게 이야기할 생각이었는데, 이렇게 되면 흐름에 맡기는 수밖에 없다. 어차피 망각 탐정을 두려워하며 설명하는 모모치하마 경부로서는 순서에 따라 논리정연하게 설명한다는 것이 가능할 리 없으니까.

　"수사에 임하는 경찰로서 피해자를 나쁘게 말하면 안 되겠지만, 가족의 증언을 믿는 한 요코무라 쥬지는 다혈질인 데다 손을 댈 수 없을 만큼 난폭했다고 합니다. 부모는 그를 전혀 제어할 수 없었던 모양이라, 반쯤 그 지하실에 감금하는 형태로 공동생활을 하고 있었다나…."

　그것은 공동생활이라고 할 수 없으리라.

　별채, 그것도 지하실이다.

　하루 세끼 밥을 날라다 주며 지극정성이었다고 하니 흡사 방에 틀어박힌 둘째 아들놈의 뒤치다꺼리를 성심성의껏 한 것도 같지만, 실태는 동떨어져 있다.

"설사 피를 나눈 육친이라 해도 감금하면 범죄죠."

쿄코 씨는 단호하게 말했다. 물론 그 말이 맞다.

그런 의미에서라면 요코무라 쥬지는 흉기에 꿰뚫리기 이전부터 가정 내 피해자였다고 할 수 있다.

그러나 '집안의 속사정'을 배려하지 않고 단칼에 그렇게 단정 짓는 쿄코 씨에게 모모치하마 경부는 선뜻 동의하기 힘들었다.

아니, 모모치하마 경부도 아무리 차남의 횡포에 시달렸다고 해도 부모가 자식을 감금해도 좋다고는 전혀 생각하지 않지만. 그 일로 갈등을 느끼지 않는다는 것은, 뭔가 좀 아니다.

"하물며 감금 도중에 찔렸다는 것은 보통 일이 아니에요. 아니면 용의자분들은 '이대로라면 죽을 것 같아서 먼저 죽였다'라는 정당방위라도 주장하고 계신 건가요?"

"아뇨, 그렇진 않습니다. 그렇다기보다 아직 죄상인부罪狀認否 절차가 이루어지고 있는 단계는 아닙니다. 용의자라 해도 체포에는 이르지 못했습니다. 아직 참고인 단계로, 완전히 암중모색의 상태라서."

하지만 그렇게 따지면 첫 번째 발견자든 아니든 가족을 수상히 여기는 것은 당연하다. 피해자의 친형은 '저도 어린 시절에 못된 짓을 했다가 이 지하실에 갇힌 적이 있어요'라는 말로 문제를 보편화 또는 축소화하려고 했으나, 그런 문제가 아니다. 요코무라 쥬지를 '어리다'라고 표현하기에는 무리가 있고, 또 자세히 물어보니 그 무렵 별채의 지하실 잠금장치는 아직 카드키가 아니었다고 하니까.

용의자라는 말로는 다소 부족할 만큼 명백히 수상하다. 하지만 그럼에도 체포하지 못한 이유가 있다. 그 세 사람에게는 확고한 알리바이가 있기 때문이다.

그 알리바이라는 것이 너무도 완벽하여 더욱 수상함을 증폭시키는 측면도 있지만.

"흐음. 그 알리바이를 자세히 듣기 전에 하나 더 확인하고 싶은데요…. 모모치하마 경부님. 카드키든 뭐든 범행 현장의 문에 설치된 것은 밖에서라면 열 수 있는 타입의 잠금장치였던 거죠? 그렇다면 안에 들어갈 때 철문을 파괴할 필요는 없었던 것 아닌가요?"

타당한 의문이었다.

그렇다기보다 그에 대해서는 명백히 모모치하마 경부의 설명이 충분하지 않았다. 원시적인 밀실일 거라고 지레짐작한 것은 쿄코 씨의 책임이지만.

'그 부분을 보더라도 이 사람은 역시 완벽한 명탐정이 아니다. 실수도 한다.'

"침대에서 흉기에 꿰뚫린 채 있는 피해자를 가족이 발견하게 된 경위 말입니다만… 실내의 이상을 감지하고 문을 파괴한 것이 아닙니다."

"어머나? 하지만 아까 제가 여쭈어봤을 때는 그렇다고 말씀하셨을 텐데요?"

"아니, 그러니까 '대략'입니다. 이상이 있었던 것은 확실하지만, 그건 실내가 아닌 실외, 별채가 아닌 본채 쪽에서 일어났습니다. 이 또한 가족의 증언에 의하면 그렇다는 것이지만. 늘 같은 장소에 보관하던 카드키가 그날 아침, 사라져 있었다고 합니다."

"……."

"잃어버릴 만한 물건이 아니기에 누군가가 훔쳐 간 것이 아닐까, 누군가가 갇혀 있는 차남을 멋대로 풀어 주려 한 것이 아닐까. 그런 식으로 생각하고 셋이서 지하실로 달려가 문을 부쉈다나. 무사함을 확인하고 싶었겠지만… 발견한 건, 흉기에 꿰뚫린 무참한 모습이었다고 합니다."

그 설명을 어디까지 곧이곧대로 믿어야 될지는 알 수 없지만.

셋이 함께 입을 맞췄다면 무엇이든 위장할 수 있다.

무엇이든 위증할 수 있다.

"위장이나 위증을 하고 있는 것이라면 어설프다고 말할 수밖에 없겠네요. 행동 원리가 너무도 부자연스러워요. 가령 카드키를 도난당했다고 해도, 그렇다고 즉시 문을 파괴하나요? 보안 회사에 연락한다거나 제조업체에 문의해서 재발급을 신청한다거나, 좀 더 소프트 랜딩이라고 할까… 단편적인 행동을 취하기 전에 부드러운 방법을 쓸 법도 한데요."

"'열리지 않게 된 방 안에 사람이 있으니 느긋한 소리를 할 수는 없잖아요'라는 것이 그들의 주장입니다. 카드키가 재발급되기를 기다렸다가는 차남이 안에서 굶어 죽어 버린다고….."

"흐음. 일단 그것으로 설명은 되려나요. 단, 가족을 감금해 놓고 이제 와서 걱정하듯 말해 봤자 곤란하다는 생각이 드는데요."

쿄코 씨는 어깨를 으쓱했다.

"굳이 말하자면, 제삼자에게 가족을 감금한 일이 노출되는 게 두려워서 한시라도 빨리 차남의 신병을 확보하고 싶었다는 것이 진상 아닐까요."

"…그렇겠죠."

그야 그렇다. 그럴 게 뻔하다.

다만, 직감적으로 그렇게 느끼는지 어떤지는 별개의 문제이다. 모모치하마 경부로서는 허용하기 힘든 심리지만, 즉시 그런 발상을 할 수 있는 것이 망각 탐정이다.

인간의 심리를 인간미 없이 이해한다.

"달려간 지하실에서, 혹은 지하 감옥에서 문이 닫혀 있는 걸 보고도 역시 안심할 수 없었다면… 그렇게 주장하고 있다면, 이라는 의미인데요… 당연히 문제의 문은 오토 록이었겠죠?"

"네. 따라서 밀실이라고는 하나 밀실 문이 잠긴 것 자체로 범인 특정하기가 곤란해진 것은 아닙니다. 만약 제삼자의 존재를 범인으로 상정한다면, 카드키로 지하실에 들어갔다가 범행에 이르러 피해자를 침대에서 흉기로 살해하고 도주했다는 가설을 세울 수 있습니다."

더불어 카드키는 지하실 안을 수색하던 중에 발견되었습니다, 라고 덧붙였다.

그 부분만 놓고 보면 역시 고전적 밀실 같기는 하나, 오토 록인 이상 그 발견으로 인해 상황이 어려워지지는 않는다.

그저 열쇠를 넣고 문을 잠갔을 뿐이다.

갖고 있으면 두고두고 처리하기 곤란할 카드키를 일부러 현장에 버리고 간다는 것은 사고방식으로서 납득이 간다. 납득이 안 가는 게 있다면.

"그렇군요. 하지만 그 가설은 좀 엉성하네요. 철문은 카드키만으로는 열 수 없잖아요? 비밀번호가 필요하다고 말씀하셨죠?"

"네. 여덟 자리의 비밀번호입니다. 우연히 맞힐 수 있는 자릿수가 아니지만… 다만, 비밀번호는 항상 누설될 가능성이 있습니다. 비밀번호가 쓰인 메모는 집 안에 보관되어 있었고요."

"비망록이군요."

라고 말하는 쿄코 씨.

"카드키를 훔친 이상 그 메모 또한 몰래 봤을지 모른다는 논리인가요. 뭐, 아슬아슬하게 성립되지 않는 것은 아니네요. 하지만, 후에 부정되었죠?"

단정 짓듯 말하는 쿄코 씨.

어째서 단정 지을 수 있는지 모르겠다. 모르는 사이에 힌트를 주고 만 것일까.

적어도 감이 좋은 것만으로는 설명되지 않는다.

"아뇨. 단순한 감이에요. 그 가설이 맞았다면 가족에 대한 의심은 좀 더 엷어졌을 거라는 근거에 따랐을 뿐이에요. 그건 그렇고, 어떻게 됐죠?"

"…네. 부정되었습니다. 문은 파괴되었지만 잠금장치 자체는 무사했거든요. 즉, 기기 안에 개폐 기록이 남아 있습니다. 그에 따르면 제삼자가 카드키를 사용한 사실은 없습니다."

마지막으로 문이 열린 것은 전날 밤, 어머니가 저녁상을 물렸을 때로 기록되어 있었다. 카드키 분실을 알아차린 다음 날 아침까지 문이 열린 사실은 없다.

따라서 설령 제삼자를 범인으로 상정한다 하더라도 그 제삼자가, 훔친 카드키와 비밀번호로 문을 연 것은 아니다. 도난과 살인은 무관해진다.

"으음. 상황을 생각하면 완전히 무관하지는 않겠죠. 다만…."

"다만? 다만, 뭡니까?"

"좀 더 따져 보고 말하죠. 급할수록 돌아가랬어요."

쿄코 씨는 그런 식으로 거드름을 피우듯 말하더니 "카드키 분실을 범인의 자작극으로 의심할 만한 근거는 아직 없는 셈이니까요."라고 덧붙였다.

그만큼 덧붙였으면 충분한 것 같은데.

'급할수록 돌아가라…가 전혀 아니다. 거의 직진하고 있다.'

"계속해 주세요. 분명 우리는 용의자인 피해자 가족의 알리바이를 검증하고 있었죠?"

"맞습니다…. 하지만 지금까지 나눈 이야기로 이미 용의자의 알리바이가 성립된다는 것을 깨달으셨을 텐데요?"

쿄코 씨라면.

모모치하마 경부는 다소 비아냥조로 말했다. 망각 탐정을 겁내는 그로서는 꽤 저돌적인 발언이었으나, 정작 쿄코 씨는 시치미를 떼는 얼굴로 "네."라고 덤덤하게 수긍했다.

"다만, 수평적 사고를 하고 싶으니 부디 모모치하마 경부의 입으로 직접 들었으면 해서요."

경찰인 클라이언트를 치켜세우듯이 말해도 전혀 기쁘지 않다. 오히려 그 약삭빠름도 무섭다면 무섭다.

자신감과 자부심의 발로인 듯 생각된다.

"…문이 전날 밤부터 발견 시까지 개폐되지 않아 제삼자에 의한 범행일 가능성은 부정되었습니다. 그러나 이는 동시에 당사자인 가족의 범행을 부정하는 것이기도 합니다. 문이 밤새 쭉 닫혀 있었다는 기록은 **전원의 알리바이를 입증해 버리기 때문입니다.** 지하실 안에는 아무도 들어갈 수 없었다. 그런 의미에서 역시 이것은 밀실 상황에 의한 불가능 범죄인 거죠."

5

"만약을 위해, 도난된 카드키가 사용되지는 않았을 거라고 추
리할 수 있는 근거를 또 하나 들자면… 굳이 리스크를 무릅쓰고
카드키를 훔쳐내지 않더라도 문은 마음만 먹으면 힘으로 파괴할
수 있을 정도의 강도였다, 라는 점이려나요."

라고 쿄코 씨는 말했다.

수사본부는 지금 현재 그런 관점을 취하고 듣고 보니 타당한
지적이다.

감금된 요코무라 쥬지를 죽이고 싶었다면 두 번의 리스크를
무릅쓰지 않아도 되었다. 각각의 범죄 리스크는 한 번으로 합칠
수 있었다.

애당초 감금된 사람을 죽이려는 자가 별로 있을 것 같지도 않
다.

대화조차 성립되지 않을 정도였다는 피해자의 흉포한 행동은
어디까지나 가족을 상대로만 발휘되는 것이었다. 따라서 그를
죽이고 싶을 만큼 증오한 사람은 가족으로 한정된다.

'어디까지나 애정 반, 증오 반인 감정이었겠지만. 아니, 그것
도 공포인가? 의사소통이 안 되는 식구만큼 무서운 것도 없겠

지….'

"이런, 이런. 고전적이기는커녕 그야말로 최첨단 밀실이잖아
요. 데이터 로그에 의한 관리라니… 좋았던 옛 시절에 사는 사
람으로서는 슬슬 따라갈 수 없으려나요."

마치 자신이 홈스나 푸아로*와 동시대 인물이라도 된다는 듯
한 발언이지만, 그것은 단순한 능청이리라. 실제로,

"기록을 위조하는 일은 가능한가요?"

라고 쿄코 씨는 적절한 질문을 보냈다.

"디지털 데이터인 이상 아주 불가능하지는 않습니다. 단, 감
식에서는 그런 조작이 이루어지지는 않은 것 같다는 결론이 나
왔습니다."

물론 그것도 '디지털 데이터인 이상' 흔적을 남기지 않는 형태
로 위조가 이루어졌을 가능성을 완전히 지울 수 없지만. 시스템
엔지니어도 아닌 용의자들에게 그만한 기술이 있다고는 생각할
수 없다. 통상적인 위조조차 그들로서는 불가능하리라.

"시스템 엔지니어가 아니다. 그렇다면, 아직 듣지 못했는데,
부모님과 형은 무엇을 생업으로 삼고 계시나요? 이야기를 듣자
니 제법 자산가인 것 같은데요."

일부러 그런 걸 암시할 마음은 없었는데, 별채가 있다거나 지

※푸아로 : 애거사 크리스티의 소설에 등장하는 명탐정.

하실에 최첨단 잠금장치를 달았다거나 하는 조건에서 그렇게 추리했을까?

"이미 은퇴하셨지만, 아버지는 어느 대기업의 중역이었습니다. 어머니는 원래 그 회사에서 근무했다고 하는데 결혼을 계기로 전업주부가 되어 지금에 이르렀다고. 장남은 현재도 그 회사의 사원이죠."

"가족 전원이, 그 회사의 관계자인가요?"

"네. 아니, 감금되어 있던 피해자는 물론 예외가 됩니다."

말할 것도 없는 일이지만.

조사에 의하면 아버지는 차남을 '식충이'라는 둥 '밥벌레'라는 둥 불렀다고 한다. 그렇게 되면 애정 반, 증오 반이 아니라 증오가 더 우세했으리라.

"은퇴하셨다면, 아버님은 그런대로 고령이신가요?"

"젊지는 않지만 정년퇴직 같은 형태로 은퇴한 게 아니라고 합니다. 절차상으로는 일신상의 사유로 되어 있지만, 차남의 뒤치다꺼리를 아내 한 사람에게 맡길 수 없던 모양입니다."

"…자식을 위해 직무에서 물러나게 되었다. 아니, 그 말대로라면 자식을 위해서라기보다 아내를 위해서였겠지만…."

"그것이 살인의 동기가 된다고 생각하십니까?"

"아직은 딱히. 동기로 말하자면, 차남의 횡포에 휘둘리는 부모의 모습을 보고서 친형이 고심 끝에 결단을 내렸다는 것도 생각할 수 있을 테고. 혹은 단순히 남동생만 보살핌을 받아 형으로서 질투했다는 것도 생각할 수 있어요. 손이 가는 아이일수록 귀엽다고도 하잖아요."

요코무라 쥬지의 '손이 가다'는 그런 레벨이 아니었던 모양이지만. 물론 그렇다고 해서 손을 써도 된다는 것은 아니다.

그럼에도 동기는 중요하다.

동기는 셋 모두에게 있다. 셋에게만 있다는 식으로도 말할 수 있다.

"그러네요. 단, 데이터 로그에 의한 밀실 상황이, 제삼자는 물론이고 동거하는 가족의 범행을 부정하는 것은 말씀하신 대로 확실해요. 카드키 분실이 위장 공작의 일환이었다고 해도, 기록이 위조되지 않는 한 밤중에 지하실에 침입하여 피해자를 찌르는 건 누구라도 불가능하니까."

"네. 불가능 범죄입니다. 세 사람 다 그렇게 주장하고 있습니다."

그 모습은 서로가 서로를 감싸는 것도 같았다. 가족이니까 서로가 서로를 감싸는 것이 당연하겠지만.

어디까지나 요코무라 쥬지가 예외다. 요코무라 가에서.

"그런가요. 밀실 문제를 자세히 따져 보고 싶은데, 상관없나요?"

"네, 물론입니다. 무엇이든 물어봐 주십시오."

"카드키를 분실했을 때, 혹은 비밀번호를 잊어버렸을 때 비상용 수단 같은 건 없는 거죠?"

"네. 제조업체나 보안 회사의 손을 빌릴 수밖에 없습니다."

"문이 '두 번' 파괴된 듯한 흔적은 없었나요? 말하자면, 밤중에 한 번 부순 문을, 언뜻 보기에 아무 일도 없었던 것처럼 복구했을 가능성은."

"없습니다. 철문, 즉 철이니까요. 부순 부분을 복구하려면 용접 작업을 해야 합니다."

"아하하. 철로 된 문을 고온으로 녹였다가 식혀서 원상 복구했다는 미스터리가 있으면 읽고 말 텐데."

"그 트릭은 역시 너무 신개념 아닙니까?"

"하긴. 그러면 흔한 시각으로 접근해 보죠. 범행은 밤중에 이루어진 것이 아니라 이른 아침, 문을 파괴하여 세 용의자가 안에 들어갔다는 바로 그 순간 이루어졌다. 다른 둘의 눈을 피하여, 혹은 셋이서 공모하여 침대에 잠들어 있는 피해자를 찔렀다… 아니, 문을 파괴할 때의 소음으로 깨어 있었을지도 모르지만 어쨌거나, 이른바 순간 살인이라는 패턴 검증은 어떨까요."

순간 살인이라는 개념은 모모치하마 경부에게는 신선한 것이었다. 그 말투로 짐작하건대 미스터리 팬에게는 기본 중의 기본 같은 트릭 유형이겠지만.

그러나 그 가능성은 제로다.

　그야말로 좋았던 옛 시절이라면 모를까, 현대에는 사망 추정 시각이라는 것이 있다.

　"피해자가 찔린 시각은 아무리 넓게 잡아도 심야로 단정됐습니다. 범행이 아침에 이루어졌을 가능성은 절대 없습니다."

　"마지막으로 문이 열린 것으로 기록되어 있는 전날 밤에, 어머니가 저녁상을 물린 것으로 여겨지는 시각에 범행이 이루어졌을 가능성도 없는 셈이네요?"

　납득한 듯 수긍하는 쿄코 씨.

　낙담한 빛이 없는 점으로 보아 밀실을 검증한다기보다 아닐 가능성을 꼼꼼히 지워 나가는 것이리라.

　그 또한 급할수록 돌아간다기보다 결국 초고속을 위한 워밍업 쯤 되려나.

　"그럼 마지막으로."

　하고 말머리를 꺼내며 던진 질문도 꼼꼼함의 일환이었을 것이다.

　"피해자가 자살했을 가능성은 검증되었나요?"

　"……."

　"그게, 감금 생활을 비관해서, 혹은 가족에게 더는 폐를 끼치기가 죄스러워서 스스로 목숨을 끊었다는 가설이, 성립되지 않는 것도 아니잖아요?"

　"……."

쐐기를 박는 듯한 그 질문에 말로 대답해도 좋았지만. 때마침 신호로 정지한 타이밍이기도 하여 모모치하마 경부는 품에서 스마트폰을 꺼냈다.

그리고 저장된 현장 사진, 피해자 사진을 띄워 조수석의 탐정에게 건넸다.

백문이 불여일견… 아니.

일목요연이라고 해야 하나.

흉기에 꿰뚫린 채 침대에 누워 있는 피해자의 모습을 보면 자살이라는 가능성을 검토한다는 것이 대체 얼마나 어리석은 일인지 설명할 필요도 없이 알 수 있을 거라고 생각했다.

더 나아가서는 기대했다.

마치 인공지능 장기 소프트웨어처럼 모든 수를 시스테마틱하게 검증하는 듯한 스타일의 가장 빠른 탐정도, **실제 시체**를 직접 보게 되면 논리를 갖고 노는 듯한 그런 행위를 부끄러워하지 않을까 하고, 기대했다.

반성을 촉구하고 싶었다는 둥 주제넘은 소리를 할 마음은 없지만. 현실의 살인 사건은 추리소설과 달리 엔터테인먼트가 아니라 비극이라는 것을 주장하고 싶었다.

그런 건 모모치하마 경부가 주장할 필요도 없이 쿄코 씨도 알고 있을 게 틀림없지만,

"흐음. 과연. 확실히 이 모습과, 평온히 죽었다고는 말할 수

없는 얼굴을 보니 자살은 아니네요."

알았어요, 하고.

기습적으로 보여 준 시체 사진에도 안색 하나 바꾸지 않고 그렇게 수긍하는 그녀를 모모치하마 경부는 소름 끼쳐하지 않을 수 없었다.

6

원래 망각 탐정에게 기대되어야 할 것은 사고력이며, 인간미 따위를 기대하는 쪽이 잘못된 것이다. 그것을 아주 잘 알면서도 모모치하마 경부는 문득문득 그녀를 시험하는 듯한 일을 하고 만다.

그녀의 마음을 저울질하고 만다. 심리 실험처럼.

그리고 매번 전율하게 된다.

이번이 '처음'이 아니다. 함께 사건을 수사하는 것은 이번이 다섯 번째이고 순찰차에 태운 것은 세 번째지만, 떠보는 일을 한 횟수는 그에 비할 바가 못 된다.

그리고 신통한 성과를 얻은 적은 한 번도 없다.

그래도 모모치하마 경부는 확인하지 않을 수 없었다. 그녀가 사고하는 기계가 아니라 인간임을, 실험하지 않을 수 없었다.

질리지도 않고, 마치 전에 질문했을 때의 답을 잊기라도 한 듯. 아니, 똑똑히 기억하고 있기 때문에 모모치하마 경부는 되풀이하지 않을 수 없다.

마치 무서운 것을 보고 싶어 하는 심리 같기도 하지만, 아니다. 모모치하마 경부가 보고 싶은 것은 **무섭지 않은 것**이다.

오키테가미 쿄코가 기계가 아니라는 것을, 또는 요괴가 아니라는 것을 확신하고 싶다. 그런 당연한 것을, 알고 싶다.

'분명 나는 시시한 것에 얽매여 있는 거겠지…. 설령 쿄코 씨가 사이보그라 해도, 마음을 읽는 사토리 요괴라 해도 사건의 진상만 규명할 수 있으면 아무 상관없을 텐데.'

차라리 딱 봐도 비인간적이고 차가운 표정의 탐정이었다면 이런 생각은 안 했겠지만, 겉보기만큼은 사랑스러운 백발 탐정이 상대이기 때문에 인지적 부조화가 생긴 것인지도 몰랐다.

당연하게도, 설마 그런 모모치하마 경부의 속마음을 망각 탐정이 전혀 짐작하지 못한 것은 아니리라. 구체적인 이유까지는 역시 모르더라도, 이상한 질문을 반복하거나 느닷없이 시체 사진을 보이거나 하면 그 행동들을 의아하게 여기지 않을 리 없다.

의뢰 때마다 잊어버리지만 모모치하마 경부의 말 한마디 한마디에서 탐정은 느낄 것이다. 클라이언트가 자신을 '무서워하고 있다'라는 것을.

다만, 이 역시 매번 그런데, 그 점을 그녀는 깊이 따지고 들려하진 않는다. 그가 어떻게 생각하든 그것이 사건 해결에 방해가 되지는 않기 때문이리라.

철저한 에너지 절약, 초고속을 위한 가성비 추구. 초고속을 갈망하는 F1 머신이 경량화에 경량화를 거듭한 끝에 공공 도로를 달릴 수 없는 사양이 되듯, 망각 탐정에게서는 사회성이 사라져 가는 듯하다.

'하긴, 망각 탐정이 시체 사진을 본 일 정도로 동요하지 않는 것은 생각해 보면 상식의 범주인가. 뭐, 어떤 처참한 사건 현장을 목도해도 이튿날이 되면 이 사람은 그것을 말끔하게 잊어버리니까.'

스마트폰 안에 그런 사진이 들어 있음을 떠올리고 음울한 기분이 되고 마는 모모치하마 경부와 동일선상에서 이야기하는 것에 애당초 무리가 있다. 그리고 수사에 임하는 자세로서 어느 쪽이 더 올바른가 하면 당연히 쿄코 씨가 판정승을 거둘 것이다.

'결국 잘난 사람을 못난 놈이 이러쿵저러쿵 트집 잡으며 시샘하는 것뿐일까. 그렇다고 해도.'

모모치하마 경부는 올바름만을 추구하는 것이 올바르다고는, 도저히 생각할 수 없다.

차 안에서의 대화는 그 후 활기를 띠지 않아서(사전에 해야 할 말을 얼추 다 해 버린 모모치하마 경부는, 잡담으로 시간을 때우거나 하는 붙임성과 인연이 없었다), 거의 말이 없는 어색한 시간이 이어진 끝에 두 사람은 사건 현장인 요코무라 가에 도착했다.

단, 말이 없는 드라이브를 어색한 시간으로 느낀 사람은 모모치하마 경부뿐, 쿄코 씨는 그 시간을 심사숙고하는 데 쓴 모양이다.

"역시 부자네요. 집이라기보다 저택이잖아요."

그렇게 말하며 주차장에 세운 차에서 내린 쿄코 씨를 뒤쫓는 모모치하마 경부. 아무래도 본채가 아니라 직접 별채로 향하는 모양이다.

가족이 살해된 장소에는 있을 수 없다며 용의자 셋은 현재 근처 호텔에 숙박 중이므로 지금 요코무라 가에는 사람이 없다. 허가는 미리 받았지만 남의 집 안을 당당하게 걷는 망각 탐정의 뒷모습에는, 따라가게 되면서도 다가가기 힘든 무언가가 있었다.

"좋겠다, 부자. 부자, 좋겠다. 좋겠다, 좋겠다, 좋겠다."

"……."

빠른 걸음으로 마당을 걸으며 내뱉은 그런 중얼거림을 과연 인간미나 인간성으로 해석해도 좋을지 어떨지.

그런 판단을 망설이는 사이, 두 사람은 금세 별채 안으로 들어가 지하실 문 앞에 서게 되었다. 아니, 문은 완전히 파괴되어, 추가된 잠금장치까지 포함하여 철거된 채다.

집주인에게서 열쇠를 빌려 올 필요도 없이 지금 지하실은 누구의 침입도 거부하지 않는다. 그렇다 하더라도 복도 끝이 살인 현장임을 생각하면 좀처럼 발을 들여놓기 힘든 구석이 있다.

문이 아니라 보이지 않는 벽이라도 있는 듯.

하지만 그렇게 느끼는 사람은 모모치하마 경부뿐, 쿄코 씨는 전혀 주저함 없이 여기에 온 것과 같은 페이스로 과거에 문이 있었던 틀을 지나 실내로 들어갔다.

황급히 뒤를 따르는 모모치하마 경부.

이 지하실은 원래 창고로 쓰였던 모양이지만, 리모델링된 지금 현재의 모습은 흡사 긴급 상황을 대비한 셸터와도 같다.

그야 화장실은 물론이고 샤워 룸까지 완비되어 있기 때문이다. 간소하게나마 주방까지 있다.

부엌이 딸린 투룸 구조인가.

감금은 절대 사양이라 해도 물과 음식만 있으면 잠깐 이곳에서 지내는 것 정도는 가능할 것 같다. 어디까지나 '잠깐'이지만.

폐쇄된 환경에서 장기간 생활하면 정신에 이상이 생긴다는 학설을 들은 적이 있다. 피해자 요코무라 쥬지는 어땠을까. 손에 잡히는 대로 물건을 던질 뿐만 아니라, 마음에 안 드는 일이 있

으면 고함을 쳐 대고 때로는 울부짖기까지 한 다혈질의 난폭자
가, 이곳에서 지냄으로써 악화는 되었을지라도 차도를 보였을
것 같지는 않은데.

"마치 뒤엎은 장난감 상자 같네요."

모모치하마 경부가 셸터 같다는 감상을 품은 반면, 쿄코 씨는
지하실 안의 어질러진 모습에서 그런 인상을 받은 듯했다.

확실히 발 디딜 틈도 없이 어질러져 있었다.

"이건 범행이 이루어진 흔적인가요? 아니면 평소에도 이런 식
으로 어질러져 있었나요?"

"평소에도 그렇다고 합니다. 시체를 발견할 때 '유괴'되었을
지도 모르는 차남을 찾기 위해 갈팡질팡하고, 차남의 시체가 발
견된 후에는 범인이 어디 숨어 있지 않을까 싶어 구석구석 뒤진
모양이니, 어질러진 정도는 조금 달라졌겠지만."

카드키는 이런 식으로 어질러진 방에 뒤섞이듯이 놓여 있었다
고 한다. 진입한 가족 중 누군가가 혼잡을 틈타 주머니에 든 카
드키를 그곳에 두었을까?

'나도 아는, 순간 살인보다는 흔한 트릭이지만….'

하긴, 그러려고 일부러 방을 어지른 것은 아니리라.

이것은 정리정돈에 서툰 피해자의 생활 태도의 단편. 혹은 감
금은 했으나 뒤치다꺼리는 제대로 했다고 주장하는 가족의 증언
상 모순으로 봐야 할 풍경이다.

"후우…."

하고.

순간 쿄코 씨가, 마치 보란 듯이 한숨을 쉬었다. 난처한 기색이라고 할까, 다소 우울함이 묻어나는 행동이다.

"……?"

무슨 일일까, 그녀답지 않다.

지금까지는 모모치하마 경부가 아무리 시험하듯이 말해도 전혀 흔들리지 않고 가면처럼 생글생글 웃던 망각 탐정이, 이제 와서 갑자기 권태로운 표정을 짓다니.

사건 현장을 실제로 방문하여 기분이 가라앉았다, 라는 것이 아님은 명백하다. 아까는 '뒤엎은 장난감 상자 같다'라는 로맨틱한 감상을 내뱉었으니 그렇게 되면 앞뒤가 맞지 않으리라.

그럼 대체 무엇이 쿄코 씨를 한숨짓게 만들었을까?

"저… 쿄코 씨? 무슨 문…."

"모모치하마 경부님은, 제가 무척 싫으시죠?"

걱정이 되어 질문을 하려던 참에 쿄코 씨가 앞지르듯이 물었다. 고개를 든 쿄코 씨는 똑바로 이쪽을 보고 있었다.

갑작스런 물음에, 그것도 꽤 직설적인 물음에 모모치하마 경부는 패닉에 빠졌다. 쩔쩔매면서 "어, 아뇨, 싫다니, 무척 싫다니, 전혀…."라고 변명했다.

변명. 그야말로 변명이다.

지금까지 실컷 부자연스러운 태도를 보여 놓고 이제 와서 무슨 말을 하랴. '싫은' 것이 아니라 '무서운' 것이라고 우겨도 의미가 있을 것 같지는 않다.

흉기에 꿰뚫려 있는 시체의 사진을 예고도 없이 보인 것만으로도 악의의 증거는 충분하리라. 악의 같은 건 전혀 없었지만, 그야말로 아무런 변명도 되지 않을 것이다.

하지만 어째서 이 순간 쿄코 씨가 그런 말을 꺼냈는지는 수수께끼였다. 지금까지 네 건의 사건을 함께해 오면서, 매번 느꼈을 것이 분명한 모모치하마 경부의 데면데면한 태도에 대해(실제로는 '쭈뼛쭈뼛한 언행'에 대해) 단 한 번도 언급한 적이 없는데.

그런데 어째서 이번에?

망각 탐정은 인간관계 구축보다 사건 해결을 우선하는 거 아니었나?

역시나 미소를 짓지는 않았지만, 대답을 기다리는 쿄코 씨의 표정은 온화했다. 언뜻 보인 우울한 분위기는 착각이었던 것처럼 사라지고 없다.

결국 정면에서 날아온 질문을 가볍게 받아칠 수 있는 적당한 대답이 떠오르지 않아서 "어, 어째서 그런 걸 물으시죠?"라고 반문하는 수밖에 없었다.

"그, 그게, 사건과 무슨 관계가 있습니까? 제가 당신을, 무

서… 싫어하는지 어떤지는 당신과… 탐정과, 아무래도 상관이
없을 텐데요?"

거의 예스라고 말하는 듯한 반문이었으나 이것이 모모치하마
경부의 최선이었다.

"아니요, 아무래도 상관없지는 않아요. 사건을 해결하기 위해
반드시 확인할 필요가 있어요. 그리고 지금 원하던 답은 얻었어
요."

납득했어요, 라고 말했다.

전혀 의미를 모르겠다.

모모치하마 경부가 쿄코 씨를 싫어하는지(무서워하는지) 아닌
지가 어째서 사건 해결과 관계가 있다는 거지?

"물론 오키테가미 쿄코는 탐정이니까요. 들춰지지 않았으면
하는 비밀을 파헤치는, 알려지지 않았으면 하는 것을 알고자 하
는, 탐정이에요. 미움을 받는 것도 일 중 하나임을 알고 있어요.
미움을 받아도 아무렇지 않고요, 아하하. 어차피 내일이 되면
잊어버리니까요."

"……."

미움을 받는 스트레스와 무관할 수 있다는 것은, 부러운 일이
다. 그 점은 무서운 게 아니라 솔직히 부럽다.

"설사 훌륭하게 사건을 해결했다 하더라도 추리소설의 세계에
서와 달리 명탐정은 '아케치* 선생님, 만세~'라는 소리를 들을

수 없겠죠. 오히려 이 경우, 당신이 저를 싫어해 주지 않으면 곤란해요."

"고, 곤란…? 싫어해 주지 않으면?"

점점 의미 불명이다.

마음속을 간파당한 당혹감을 미처 감추지 못하고 있는데,

"그야 이번 사건은, **저에 대한 혐오감 없이는** 제 사무실로 의뢰가 왔을 거라 생각하기 힘들기 때문이에요. 바꿔 말해."

탐정에 대한 혐오감으로 눈이라도 흐려진 게 아니라면, 경찰인 당신이 이처럼 뻔히 보이는 사건을 해결 못 할 리 없기 때문이에요, 라고 쿄코 씨는 말했다.

"뻐… 뻔히 보이는 사건?"

무슨 소리를 하는 거지?

좋아해서 의뢰했다고 가정한다면 모를까, 싫어해서 의뢰했다고 생각하는 편이 더 납득이 간다니. 그건 대체, 어떻게 된 논리지?

"뻔히 보이는 사건이에요. 경찰은 물론이거니와 전문가가 아니더라도 용이하게 해결할 수 있을 만큼 간단한, 뻔히 보이는 사건. **하지만, 역겨워요**. 해결하기 싫을 만큼, 관여하고 싶지 않을 만큼. 그래서 당신은 싫어하는 제게 의뢰했어요. **싫어하는**

※아케치 : 아케치 코고로. 일본의 소설가 에도가와 란포의 소설에 등장하는 사립 탐정.

제게 해결시키고자 했어요. 그런 의심이라도 하지 않으면 도저히 납득할 수 없을 정도로, 이곳에 쓰인 건 몹시 심플한 트릭이에요."

그렇게 말하고 쿄코 씨는 방 안을 이동하여 바로 피해자 요코무라 쥬지가 흉기에 꿰뚫린 채 죽어 있었던 침대 옆에서 발을 멈추었다.

그리고 그 틀에 살며시 손을 올려놓았다.

"어라… 그, 그럼 쿄코 씨는, 벌써 범인이 쓴 트릭을 알았단 말입니까?"

현장에 들어선 지 아직 5분도 안 지났는데? 아니, 그것 자체는 가장 빠른 탐정에게 있어 결코 드문 일이 아니지만, 쿄코 씨는 "아뇨, 아뇨." 하며 고개를 흔들었다.

"사용된 트릭을 직감할 수 있었던 것은, 여기 오는 길에 순찰차 안에서 모모치하마 경부님이 보여 주신 사진을 봤을 때예요. 일목요연했죠."

"일목요연…."

"네. 백문이 불여일견이 아니라, 일목요연이었어요."

"……."

그래서 그 후 말이 없어진 것인가? 그건 밀실 수수께끼를 풀려던 게 아니라 이미 진상 검증 단계에 접어든 것이었나.

그렇지만 현장을 방문하기도 전에 방 전경도 알 수 없는 시체 사진만 보고 밀실 트릭을 간파했다는 건···.

'···무섭다.'

"누구라도 알 수 있는 트릭이었어요. 그 후 제가 떠올린 생각은 이렇게 뻔한 사건을 어째서 모모치하마 경부님은 스스로 해결하지 않았을까 하는 것이었어요. 하지만 그건 **해결 편을 제게 떠넘기기 위함**이었다고 생각하면 아무런 의문도 남지 않게 돼요."

그처럼 잘 알 수 없는 이유로 멋대로 납득하더라도 모모치하마 경부는 코멘트할 방법이 없었다. 하지만 바로 그 점인지도 모른다.

'머리가 좋은 것'만 가지고 말하자면 자신은 쿄코 씨와 큰 차이 없을 거라고 생각하는 모모치하마 경부, 자신은 해결하지 못하는 사건을 어째서 쿄코 씨는 해결할 수 있는가.

오랫동안 품어 왔던 것과 완벽하게 같은 의문이었다.

'그런데 그 이유가, 내가 쿄코 씨에게 '해결 편을 떠넘기기 위함'이라는 것은 무슨 소리일까···.'

조직 밖의 인재에게 도움을 청하는 것을 주저하면 안 된다는 신념을 가진 모모치하마 경부이기는 하나, 직접 해결할 수 있다면 해결하는 편이 좋은 게 경찰로서는 당연한데.

혼란에서 헤어나지 못하는 동안 가장 빠른 탐정은 서둘러 그 '해결 편'에 들어갔다.

"카드키 기록에 의한 밀실. 문은 철제, 창문은 없음. 전날 밤부터 당일 아침까지 용의자로 지목된 가족 셋을 포함하여 누군가 지하실에 침입한 흔적은 없음. 그러나 사망 추정 시각은 밤중으로 사료된다. 진입 시에 문은 물리적으로 파괴되었고, 발견된 시체는 흉기에 꿰뚫린 채 침대에 누워 있었다. 사건의 개요를 저 나름대로 정리해 보았는데, 그 밖에 덧붙일 사항이 있나요?"

"아, 아니요."

자신이 차 안에서 장황하게 설명한 것이 그렇게 단적으로 정리되니 의뢰인으로서 설 자리가 없는데.

"처음에는 진입 시의 혼란을 틈타 침대 위의 피해자를 찔렀다는 순간 살인을 의심했는데, 사망 추정 시각으로 보아 그건 생각할 수 없어요. 그렇다면 결론은 하나예요."

거기까지 듣고도 전혀 감을 잡지 못한 모모치하마 경부의 당혹감은, 가라앉기는커녕 가속되어만 갔다.

"부디 겸손을 거두세요. 왜냐하면 모모치하마 경부님은 이미 감을 잡으셨거든요. 아까 말씀하셨잖아요. 카드키가 발견된 경위에 대해. 방 안에서 발견된 카드키는 범인이 일부러 넣고 잠근 것이 아니라 사건 발각 당시 세 용의자 중 누군가가 몰래 방에 놓아둔 것일지도 모른다고."

말씀…은 안 했다. 생각했을 뿐이다.

그것이 간파되었을 뿐이다.

도저히 추리라고 할 수 없는 그런 초보적인 발상이 대체 어쨌다는 것일까.

"카드키 분실과 발견에 대한 진상은 그 밖에 몇 가지 더 생각할 수 있어요. 하지만 그 트릭의 발상 자체는 범행 수단에도 응용할 수 있다는 생각 안 드세요?"

"응용…."

"범인은 밀실 안에서 피해자를 찔러 죽인 게 아니라 **밀실 밖**에서 찔러 죽인 거예요. 밤중에. 그리고 문을 부수고 안으로 들어갔을 때 피해자와 범인을 찾는 척하면서 시체를 침대 위에, 흉기와 함께 배치했죠."

흉기로 펜다는 살해법을 택한 것은 마치 범행이 이 침대에서 이루어지기라도 한 듯 꾸미기 위함이었겠죠, 라고 쿄코 씨는 말했다.

"시체를… 밀실에, **추가했다**?"

최첨단 잠금장치를 오래된 지하실 문에 추가했던 것처럼….

"요, 요컨대 범인은, 마지막으로 피해자를 만난 어머니인 셈이 됩니까? 저녁상을 물렸을 때 끌어내어… 범행은 자기 방이나 어딘가에서 저질렀다는 말씀인가요?"

"그런 셈이 되겠죠. 필시 단독범이에요. 셋이서 입을 맞추었다면 이런 줄타기 같은 트릭을 쓸 것도 없이 더 스마트하게 속일 수도 있었을 테니까요."

"그, 그렇지만 한 인간의 시체를 다른 둘에게 들키지 않도록 밀실 안으로 옮기다니⋯."

"네. 아주 간단한 일이죠? 간단하고, 뻔히 보여요. 하지만."

그렇게 말하고 쿄코 씨는 침대 틀에서 손을 뗐다. **아기 침대의 틀에서.**

"하지만 아주 역겹죠."

8

사실을 알고 보니 별일 아니었다는 건 추리소설의 상투 어구인 모양이지만, 이번 케이스는 사실을 알기 전부터 별일 아니었음을 모모치하마 경부는 통감했다.

굴욕적일 만큼 단순하다.

다른 해결이란 있을 수 없다. 단지, 그런 단순하고도 역겨운 현실을 심리적으로 받아들일 수 있는가 없는가의 문제에 불과했다.

역겨운 현실.

하지만 그와 동시에 흔한 현실이기도 했다.

손을 댈 수 없을 만큼 난폭하고 마음에 들지 않는 일이 있으면 울부짖으며 커뮤니케이션마저 성립되지 않는, 신변의 뒤치다꺼리를 죄다 요구하는 존재에게… 요컨대 **갓 태어난 아기**에게 시달린 끝에, 육아에 지친 부모가 손을 쓰고 마는 비극은 전 세계적으로 흔한 일이다.

눈을 가리고 싶어질 만큼.

보고 싶지 않은 현실이다.

현실의 살인 사건은 추리소설 같은 엔터테인먼트가 아니라 비극이라고 망각 탐정에게 진지하게 충고하고 싶었지만, 그 비극을 직시하지 못한 사람은 오히려 모모치하마 경부였다.

명탐정이라는, 거의 허구이자 가공의 이미지에 속하는 존재에게 해결을 맡겨, 그런 비극을 아예 엔터테인먼트로 만들려는 마음마저 어쩌면 거기에는 작용했을지도 모른다. 아니.

역시 떠넘긴 것이다.

해결 편을, 자기 이외의 사람에게 떠넘겼다.

입에 담기도 싫을 만큼 말하기 힘든 것을 말하게 하려 했다.

"모모치하마 경부님의 말씀을 듣고 있으니, 마치 피해자 요코무라 쥬지 씨가 다 자랐는데도 일을 하지 않고 부모 신세를 지면서 가정폭력까지 휘두르는 듯한 인상이 들어 저도 상당히 혼란스러웠는데, 살인 현장의 사진을 봤을 때 전부 깨달았어요."

쿄코 씨는 추리의 경위를, 그녀 말로는 '의외로 시간이 걸린 경위'를 그렇게 설명했다.

살인 현장의 사진, 시체 사진.

흉기에 꿰뚫린 채 침대에 누워 있는 피해자의 사진. 즉, 아기 침대에서 흉기에 꿰뚫린 갓난아기의 사진이다.

직시할 수 없는 광경일 뿐만 아니라, 지옥도이다.

모든 가능성을 망라하듯 자살 가능성을 의심하는 명탐정에게 '이런 갓난아기가 이런 식으로 자살할 것 같으세요?'라고 말하고 싶어서… 아니, 말할 수 없어서 보여 준 사진이었는데. 느닷없이 그런 걸 보고도 아무 반응이 없던 쿄코 씨였으나, 한편으로는 그 사진으로 정확히 진상에 도달했던 것이다.

모모치하마 경부의 이야기 속 모호한 부분을 그것으로 바로잡았다.

그리고 한편으로 '상당히 혼란스러웠다'라는 것도 사실이리라. 그 이전의 모순점에도, 또 그 이후의 모순점 때문에도.

피해자가 아직 '어리다'라고도 할 수 없는 아기임을 당연히 알고 있을 모모치하마 경부가 여태 진상에 다다르지 못한 이유를 고찰할 필요가 생겼기 때문이다.

그 이유는 그 처참한 시체 사진을, 즉 사건의 진상을 모모치하마 경부가 직시할 수 없었기 때문이며, 그래서 그는 오키테가미 탐정 사무소에 수사를 내맡긴 것이었다. 해결 편을 탐정에게 떠넘김으로써 진상과 마주하는 일을 나 몰라라 한 것이었다.

가족 문제에 깊이 관여하고 싶지 않았고, 딱한 사람들로부터 거리를 두고 싶었으며, 그런 끔찍한 진상에 다다를 수 있는 인간미 없는 인간으로 인식되고 싶지 않았다.

감정이 있는 인간이자, 정이 넘치는 인간으로 있고 싶었다.

자신이 하기 힘든 말을 '무척 싫어하는' 망각 탐정에게 대변시키려 했다. 그것을 안 순간, 쿄코 씨에게서 수수께끼는 사라졌으리라.

하긴, 그렇게까지 악랄한 생각에서 의뢰했다는 자각이 모모치하마 경부에게는 없다. 그렇게 모든 것을 악의처럼 해석하면 역시 오해라고 해명하지 않을 수 없다.

다만, 공포를 느끼지 않을 수 없을 만큼 인간미 없는, 시스테마틱한 수사 방법을 취하는 가장 빠른 탐정이라면 역겨운 사건도, 역겨운 진상도 문제없을 거라고 단정 지은 것 아니냐고 한다면, 그 말이 맞다.

"세부 내용을 보충하자면… 아무리 작은 아기라 해도 다른 두 사람에게 들키지 않도록 **몰래 지니고** 있기란 쉬운 일이 아니겠죠. 따라서 심야에 살해한 후에는 별채 어딘가에 미리 숨겨 두었다가, 남편과 장남이 '근처'에서 철문을 부수기 위한 도구를 찾는 사이 옷 속에 감춘 거예요. 물론 부자연스러운 실루엣이 돼요. 심장을 꿰뚫은 칼도 몰래 지니고 있지 않으면 안 되고 말이죠. 하지만 당연히, 문을 부수는 데 안달이 난 남자들 뒤에서 대기하는 모양새가 되니 들킬 리는 없어요."

아니, 들키지 않을지 어떨지는 미묘한 상황일 것이다. 어른의 시체를 몰래 지니고 있는 데 비하면 현격히 난이도는 내려가지만, 그래도 인간의 신체를 몰래 지니고 있는다는 건. 아니, 신체가 아니라 시체인가.

말없는 시체. 울부짖지도, 날뛰지도 않는 시체.

출산 시까지 주위에 임신 사실을 들키지 않았다는 사례도 있으니 무조건 싸잡아서 이야기할 수 없지만, 당시에는 잘 넘어갔을지라도 나중에 들키게 되는 것 아닐까.

결과적으로 잘 해결된 것처럼 보여도 도저히 교묘한 트릭이라고는 말할 수 없다. 저녁상을 물릴 때 잠든 것을 끌어냈다 해도 살해 전에 깨어 울부짖기라도 하면 계획은 말짱 도루묵이다.

말짱 도루묵이 되는 편이 나았을 테고 그것을 바랐는지도 모르지만, 여하튼 간에 빈틈이 많아 언제 탄로 나도 이상하지 않은 엉성한 트릭이다.

쿄코 씨는 줄타기라고 표현했는데, 확실히 그렇다.

그렇다면 공범까지는 아니더라도 아버지와 장남은 어머니를 감싸고 있는지도 모른다. 나이 먹어 낳은 차남의 육아를 위해 은퇴한 아버지도, 동생과 달리 살해되지 않고 지금껏 잘 자랄 수 있었던 장남도 어머니를 책망할 마음은 들지 않았다 해도 이상할 것은 없다.

제 자식을 지하실에 격리하여 반쯤 감금하는 학대를 일상적으로 저지른 점으로 보더라도 어머니는 노이로제와 같은 상태에 놓여 있었다고 봐야 하고, 그렇다면 단순히 동정의 가치가 없다고 해 버릴 수도 없을 것이다.

다만, 그런 건 직접 본인을 만나 본 모모치하마 경부 개인이 갖는 감상이고, 이 사건이 공개되면 어머니는 제대로 육아도 하지 않은 끝에, 충동이 아니라 '치밀한 계획'을 바탕으로 제 자식을 찌른 요물 같은 여자로 거론될 것이다. '같은 고민과 고통을 안고도 착실하게 육아하는 사람도 있는데'라는 판에 박힌 비난을 거세게 받을 것이다.

그런 상황의 시작점은 되고 싶지 않았다.

되고 싶지 않았기 때문에.

'그야, 그렇지 않은걸. 정말 요물인 건 오히려 그런 어머니를 단지 시스테마틱하게 범인으로 지목한….'

아니.

어쩌면 그렇지 않을지도 모른다.

"자, 그럼 뒷일은 맡길게요, 모모치하마 경부님. 돌아가는 길 바래다주지 않으셔도 괜찮아요. 폐 많이 끼쳤습니다. 다음 번 의뢰 때는 부디 위장용이 아닌 순찰차에 태워 주세요."

'해결 편'을 마치자마자 서둘러 돌아가 버린 망각 탐정의 태도를 모모치하마 경부는 경찰로부터 미움을 받고 있다는 착각 때문이라고 생각했으나, 어쩌면 그 가장 빠른 귀가는 한시라도 빨리 보안이 확보된 자택 겸 사무소에 돌아가 푹 자고 싶다는 마음의 발로였을지도 모른다.

한시라도 빨리.

이번 사건의 개요와 아까 본 사진을 잊고 싶다는 마음의 발로였을지도 모른다.

겉모습에 속아 아직도 그녀에게 그런 인간미를 기대하고 마는 그는 분명 한없이 바보이리라. 하지만 만약 탐정이기 때문에, 명탐정이기 때문에 쿄코 씨가 수사 중에는 그런 부드러운 감정을 일부러 억누르고 있다면.

자신의 인간성을 밀실에 감금해 두고 있다면.

그보다 더 두려운 실험 결과는 없다고 생각할 수밖에 없었다.

제4화

오키테가미 쿄코의 필적 감정

1

유사카遊佐下 경부는 이름에 든 한 글자와 달리 지독히 일밖에 모르는 남자였다. 따라서 역시 '遊놀유' 자가 첫 글자인 시설, 즉 유원지라는 장소와는 지금껏 전혀라고 해도 좋을 만큼 인연이 없었다. 오히려 자신과는 어울리지 않는 장소로서 10대 시절부터 의식적으로 피해 왔을 정도이다.

그래서 이번에 업무차, 요컨대 살인 사건 수사차 지역 최대의 유원지를 방문하게 된 것을 마냥 좋아할 수는 없었다.

하물며 그 유원지의 심벌이라고도 할 수 있는 거대한 관람차 앞에서 **그** 망각 탐정과 만나기로 했으니.

"처음 뵙겠습니다, 탐정 오키테가미 쿄코입니다… 기다리게 해… 기다리게… 해서 죄송합니다…? 어라…? 이, 이, 내가…?"

약속 시간보다 빨리 약속 장소에 모습을 드러낸 백발 탐정은, 그녀보다 먼저 그 자리에 와 있던 유사카 경부의 모습을 인지하자마자 흡사 소실계消失系의 불가능 범죄라도 직면한 듯 아연실색한 빛을 띠었다.

백발과 비교해도 손색이 없는 창백한 안면.

플란넬 셔츠에 칠부 기장의 와이드 진, 스니커즈라는 활동하기 좋아 보이는 패션은 유원지와 매우 잘 매치되었지만, 그런 코디네이션이 머리에 들어오지 않을 만큼 대놓고 아연실색한 빛이었다.

아뿔싸.

망각 탐정과 함께 일할 때의 2대 금기 중 하나를 그만 깨고 말았다. 두 가지 금기 중 유명한 쪽은 그녀, 쿄코 씨는 하루마다 기억이 리셋되는 참 보기 드문 비밀 절대 엄수의 탐정이므로, 비록 예전에 같이 수사한 적이 있더라도 매번 초면인 척 '처음 뵙겠습니다'라는 자세를 취해야만 한다는 것인데, 의외로 알려지지 않은 금기가 또 하나 있다.

약속에 쿄코 씨보다 빨리 나오면 안 된다.

오히려 일부러 늦는 정도의 에티켓이 필수로 여겨진다.

물론 때와 장소에 따라 다르겠지만, 본인보다 빨리 행동하는 사람이 앞에 있으면 쿄코 씨는 동요하거나 불쾌해하거나, 심할 때는 적의마저 드러낸다고 들었다.

"후, 후후후. 가장 빠른 탐정보다 스피디하게 현장에 나오시다니, 이거 뭐라고 해야 할지. 네가 가장 빠른 탐정이라면 이 몸은 가장 빠른 형사라는 것 같네요."

멋대로 대항 의식을 활활 불태우고 있었다.

아무래도 오늘은 '심할 때'인 모양이다.

아니, 가장 빠른 형사를 자처할 생각 따위는 전혀 없다. 익숙지 않은 유원지를 방문하는 데 실수가 없도록 주의에 주의를 기울여 빨리 왔을 뿐, 스피드로 쿄코 씨와 경쟁할 마음은 없다.

만나자마자 경직된 미소를 지어도 곤란하다. 오히려 유사카 경부는 동료로부터 둔중하다고 야유를 받을 만큼 찬찬히 수사에 임하는 타입의 형사이다.

이 '초면'에서의 '첫인상'을 어떻게 만회할까, 일단 사과하는 게 좋을까 싶었지만,

'뭐, 이건 이것대로….'

하며 유사카 경부는 마음을 바꾸었다. 포기했다고도 할 수 있다.

'…그야, 이번에는 그 **속도**'에 **대한 고집**을 유감없이 발휘해 주었으면 해서, 결코 내 수사 스타일과 궁합이 좋다고는 할 수 없는 망각 탐정에게 와 달라고 부탁한 거니까.'

"좋아요. 그 도전, 받아들이죠."

받아 주었으면 하는 것은 도전이 아니라 의뢰지만, 일단 유사카 경부는 "잘 부탁드립니다."라고 말했다.

2

"으음… 우선 정정하자면 이 유원지가 현장, 즉 사건 현장인 건 아닙니다."

일단 관람차 앞에서 이동해 원내 카페테리아의 테이블에 앉은 뒤 유사카 경부는 그렇게 말을 꺼냈다. 쿄코 씨는 L사이즈의 종

이컵에 찰랑찰랑하게 담긴 커피를 마치 횟술처럼 마시면서 "사건 현장이 아니다?"라며 고개를 갸웃했다.

"그럼 유사카 경부님은 저를 속인 건가요?"

적의가 굉장하다.

지각해서 화를 내는 거면 모를까, 어째서 약속 장소에 먼저 나온 일로 이토록 강렬한 분노를 사지 않으면 안 될까. L사이즈의 커피도 유사카 경부가 사는 것인데. 그런데 블랙커피를 L사이즈로 마시다니, 보기만 해도 속이 쓰릴 것 같다.

"저를 속이면서까지 초고속을 자부하다니… 스피드 킹이라는 이름은 장식이 아니로군요, 유사카 경부님."

스피드 킹으로는 불리지 않는다.

둔중하다는 말을 듣고 있다.

그런 불명예스러운 평가를, 비록 내일이면 잊힐지라도 굳이 스스로 공표할 마음은 없지만.

"사건 현장은 따로 있는데… 말할 것도 없이, 살인 사건입니다."

"흐음."

안경 속에서 생글생글 경직된 미소를 짓고 있던 쿄코 씨의 얼굴에 돌연 진지함이 감돈다. 이 부분은 과연 프로라는 건가. 될 수 있으면 스피드 킹에 대해서는 그대로 없던 일로 해 주었으면 좋겠다.

"사건은 이 유원지로부터 멀리 떨어진 장소에서 일어났다고 생각해 주십시오. 어떤 인물이 어떤 인물을 죽였습니다."

"……? 애매하네요. 멀리 떨어진 장소? 어떤 인물이 어떤 인물을? …구체적으로 말해 주셔도 상관없는데요. 잊으셨는지 모르겠지만 저, 망각 탐정이거든요."

그것은 알고 있다.

어떤 기밀 정보를 이야기하든 내일이면 그것을 깨끗이 싹 잊어버리는, 정보 누설의 리스크가 거의 없는 탐정. 그렇기 때문에 오키테가미 탐정 사무소는 계속 경찰 전용 탐정 사무소일 수있는 것이다.

하지만 그래도 조심이 제일이라고 생각하는 것이 유사카 경부였다. '어차피 잊으니까'라며 뭐든 나불나불 지껄여서는 안 된다. 외부 사람에게 말하는 건 어디까지나 최소한의 정보에 그쳐야 한다.

정보 누설의 리스크가 '거의 없다'라는 것은 '조금은 있다'라는 의미와도 같으니까.

간과할 수 없다.

이 부분이 그가 '둔중하다'고 일컬어지는 이유이기도 하며 망각 탐정과의 궁합이 별로인 이유이기도 하지만.

그렇긴 해도 과거 '궁합이 별로'였음을 망각한 쿄코 씨는,

"호오. 뭐, 그렇게도 생각할 수 있겠네요."

라며 오히려 납득한 눈치였다.

"하지만 접근할 수 있는 정보가 제한되면 당연히 일의 능률에도 영향이 생기게 돼요… 제대로 도와드릴 수 있을지 어떨지."

"아니요, 물론 필요한 건 전부 말씀드릴 생각입니다. 이번에 제가 쿄코 씨에게 기대하는 것은 망각 탐정으로서의 능력이 아니라 가장 빠른 탐정으로서의 능력이라서."

"과연. 가장 빠른 형사로서 가장 빠른 탐정과 겨루고 싶었다, 라."

그러니까, 가장 빠른 형사가 아니다.

대항 의식을 리셋해 주었으면 좋겠다.

"한시라도 빨리 사건을 해결하지 않으면 안 되는 이유가 있다는 건가요? 시효가 임박했다거나."

"살인 사건의 시효는 최근 폐지되었습니다."

"어머. 그랬나요. 영고성쇠榮枯盛衰네요."

영고성쇠를 시효의 유무로 판단하면 당황스러울 따름이지만 그건 그렇다 치고, 특별히 사건 해결을 서두르는 건 아니다. 아니, 당연히 빨라서 나쁠 건 없지만 유사카 경부는 졸속拙速보다 교지巧遲를 숭배한다*.

그렇다면 한층 더, 긴급 사태에만 불려 나오는 오키테가미 쿄코에게 어째서 수사 협력을 요청했는가가 문제시되는데….

※졸속보다 교지를 숭배한다 : 교지(巧遲)는 졸속(拙速)만 못하다는 뜻의 사자성어 '졸속교지'를 염두에 둔 말. 뛰어나지만 늦는 사람보다, 미흡해도 빠른 사람이 더 낫다는 의미이다.

"해당 사건의 용의자는 거의 특정되었습니다. 임시로 용의자 A라고 해 두죠."

"알았어요. 용의자 A씨라고요."

유원지에서 이니셜 토크라니 10대 시절로 돌아간 것 같아요, 라고 쿄코 씨는 한가한 소리를 했다. 기억이 리셋되는 망각 탐정도 10대 시절은 기억하고 있는 것일까?

쿄코 씨가 10대였던 시절에도 이미 이니셜 토크라는 표현은 죽은말이 되어 있었을 것으로 추측되고, 애당초 A라는 건 이니셜도 아니지만.

"하지만 용의자 A씨가 피해자 A씨를 죽인 현장은 이 유원지가 아닌 거죠?"

"네."

확인하는 듯한 쿄코 씨의 말에 유사카 경부는 긍정했다. 피해자의 이니셜도 A로 하면 헷갈릴 것 같지만… 뭐, 됐다 치자. 여기서 살인 사건 현장도 현장 A로 지칭하려 들면 역시 말려야겠지만.

"저로서는 용의자 A가 범인임에 거의 틀림없다고 생각합니다. 수많은 증거가 그 또는 그녀가 살인범임을 암시하고 있습니다."

성별을 얼버무리기 위해 '그 또는 그녀'라는 표현을 썼지만, 그것은 역시 지나치게 애매했다. 쿄코 씨도 어안이 벙벙한 기색이다. '초면'이지만 궁합이 별로임을 슬슬 느끼기 시작했는지도 모른다.

"하지만 용의자 A는 범행을 부인하고 있습니다. 그 또는 그녀는 알리바이를 주장하고 있어서, 그것을 무시할 수는 없습니다."

"알리바이…라고요."

"네. 용의자 A는 범행이 이루어진 것으로 추정되는 시각에 이 유원지에 놀러 와 있었다고 합니다…."

유사카 경부의 말에 쿄코 씨는 주위를 빙 둘러보았다. 평일 낮이기에 옴짝달싹할 수 없을 만큼 혼잡한 건 아니지만, 그래도 상당한 인파가 몰려 있다.

"흐음. 그래서, 이곳에서 만나기로 한 건가요. 저보다도 빨리 와 계셨던 건가요."

아니, 빨리 와 있었던 이유는 익숙지 않은 장소였기 때문이다. 익숙지 않았다기보다 뜻하지 않았다.

본심을 말하자면, 이런 화려한 장소에서는 한시라도 빨리 철수하고 싶다. 뭐, 그런 본심을 말했다가는 '철수까지 빠르게 하시겠다?!'라고 가장 빠른 탐정에게 핀잔을 들을지도 모르지만.

"즉, 이번 의뢰 내용은 알리바이의 확인. 더 나아가 알리바이 공작 유무의 확인, 이른바 알리바이 무너뜨리기인가요."

"대략적으로 말해서 그렇습니다."

라고 대꾸한 유사카 경부.

빠른 이해를 극구 칭찬하여 조금이나마 스피드에 대한 대항

의식을 중화시키자는 그 나름대로의 작전이었는데,

"'대략적으로 말해서'라면 조금은 다른 건가요?"

라고 쿄코 씨가 추궁했다.

이 또한 적의가 빚은 결과인지도 모른다.

전보다 더 일하기 힘들다.

"네, 대략적으로가 아니라 자세적으로… 아니, 자세히 말해서 쿄코 씨가 도전해 주었으면 하는 것은 알리바이 무너뜨리기라기보다 탈출 게임입니다."

"탈출 게임?"

"유원지에는 빼놓을 수 없는 수수께끼 풀이 이벤트죠. 쿄코 씨가 그것을 **가장 빨리** 클리어해 주셨으면 합니다."

3

얼떨결에 '유원지에는 빼놓을 수 없는'이라고는 했으나 유사카 경부는 견문이 적어 이 살인 사건을 담당하기까지 그런 이벤트가 전국적으로 이루어지고 있다는 것을 몰랐다.

최근 들어 발생한 붐인 듯하다.

최근 들어 발생한 붐이란 즉, 망각 탐정 역시 파악하고 있을 리 없는 정보라는 뜻이며, 그로써 설명이 조금 필요해졌다.

그나저나, 그런 유의 수수께끼 풀이 이벤트는 명탐정이 등장하는 타입의 추리소설과 매우 궁합이 좋다. 적어도 유사카 경부와 쿄코 씨보다는 훨씬 궁합이 좋다.

망각 탐정이라는 명탐정이, 유사카 경부로서는 매우 불가사의한 '놀이'에 "과연, 그렇군요." 하고 납득하기까지 그리 많은 시간은 소요되지 않았다.

"퍼즐, 암호… 밀실 상황 혹은 클로즈드 서클. 탈출을 위한 아이템 찾기는 증거 찾기와 통하는 면도 있으니 확실히, 명탐정 딱인 듯한 이벤트네요."

"…아, 아니, 어디까지나 놀이 시설 안의 엔터테인먼트인 것 같은데요?"

탈출 게임 그 자체에 너무 흥미를 보여도 수사 활동의 본 취지에서 벗어나게 되므로 유사카 경부는 일부러 쿄코 씨의 흥을 깨는 듯한 소리를 했다. 사실 본격적인 것은 꽤 본격적이라고 들었다. 추리소설 애독자에게 '본격적'이라고 하면 점점 논점이 틀어질 것 같아 그 주석은 삼가지만.

"용의자 A는 사건 발생 당시, 이 유원지에서 현재 개최되고 있는 탈출 게임에 참가 중이었다고 합니다. 즉, 그 게임에 참가 중이었던 이상 해당 시간에 살인을 저지를 수는 없었다고 주장하고 있습니다."

"흐음. 판에 박은 듯한 부재증명이네요. 더불어 용의자 A는 혼자 그 이벤트에 참가 중이셨나요? 즉, 알리바이를 증언해 줄

친구나 연인이 계시는가 하는 의미의 질문인데요."

"아니요, 단독 참가였다고 합니다."

"혼자 유원지에. 뭐, 생각만큼 드문 일도 아니겠죠."

"네."

단체로도 유원지에 온 적이 없는 유사카 경부로서는 당최 이해하기 힘들다고는 해도.

"특히 용의자 A는 그런 유의 수수께끼 풀이 이벤트의 마니아였다고. 게임에 따라서는 단체로 도전하는, 팀워크를 중시하는 것도 많다고 하지만. 그 자리에서 처음 만난 사람끼리 팀을 짜서 게임에 도전한다나…."

"흐음. 그거 꽤 즐거울 것 같네요. 초면인 상대와 하나가 되어 어려운 문제에 도전하면 멋진 만남도 가능할 것 같아요. 그야말로 지금, 제가 하고 있는 일이기도 하네요."

멋진 만남이 되지 못해 유감스럽다는 뉘앙스다.

약속에 먼저 도착한 것이 그렇게 큰 죄인 걸까.

"만약 용의자 A씨가 취미로 참가한 게 아니라 알리바이 공작을 위해 이벤트를 이용한 거라면 용서받지 못할 모욕이라고 해도 좋겠죠."

명탐정으로서 수수께끼 풀이 게임에 감정을 이입한 듯, 아직 개요도 듣지 못했는데 그런 말을 하는 쿄코 씨였다. 뭐, 유사카 경부 입장에서 그런 열의는 유리하다고도 할 수 있다. 명탐정의 캐릭터성에 따라서는 '현실의 살인 사건이 아닌 만들어진 수수께끼 따위에는 전혀 흥미가 없다'라고 했더라도 이상하지 않은 국면이었기에.

'원래 현실의 살인 사건이야말로 수수께끼 같은 건 별로 없지만….'

쿄코 씨가 배배 꼬이지 않은 타입의 명탐정이라 다행이다.

"그런데 유사카 경부님. 있는 그대로 해석하자면 범행 시각에 알리바이가 있을 경우 용의자 A씨는 범인이 아닌 셈이 되지 않나요?"

"네. 물론 그 또는 그녀가 범인이 아니라면 그건 그것대로 좋습니다. 그보다, 그렇다면 그 사실을 한시라도 빨리 밝혀 수사 방침을 바꾸지 않으면 안 되죠."

"한시라도 빨리, 말인가요."

과연 가장 빠른 형사네요, 라고 비아냥조로 말하는 쿄코 씨였다. 배배 꼬이지 않은 만큼 직설적으로 감정을 터뜨리는 듯하다.

무슨 일이든 일장일단이 있다.

"그렇지만 알리바이를 무너뜨릴 여지는 있습니다. 왜냐하면 탈출 게임에 걸리는 시간은 사람마다 다르니까요. 클리어 시간입니다만."

"스피드 레이스라는 건가요? 아니면 리얼 타임 어택인가요."

리얼 타임 어택*이라는 건 컴퓨터 게임 용어였을 테지만, 이 경우에는 의미를 벗어나지 않는다. 오히려 그 어택에 도전해 주었으면 해서 유사카 경부는 쿄코 씨를 이 유원지에 부른 것이다.

"용의자 A의 알리바이가 조금이라도 성립되는 건 이곳에서 개최 중인 탈출 게임의 평균 클리어 시간 기준이 두 시간이기 때문입니다. 바꿔 말하면, 탈출 게임에 참가함으로써 플레이어는 대략 두 시간 동안 이 유원지 안에 구속되는 셈입니다."

"고속?"

명탐정의 눈이 반짝 빛났다.

그런 데서 눈을 빛내도….

"구속입니다. 묶어 두는 겁니다."

"어라, 그랬나요. 성급했네요, 초고속 탐정이라."

그런 가정은 필요 없다.

"그런데 '평균'이라고 말씀하셨죠? '대략'이라고도. 즉, 플레이어의 기량에 따라서는 게임을 두 시간보다 빨리 클리어할 수도 있는 것 아닌가요?"

"네. 반대로 클리어까지 두 시간보다 많이 걸릴 수도 있고, 클리어하지 못하고 폐장까지 시간을 소진해 버릴 수도 있습니다."

※리얼 타임 어택 : 스타트 지점에서 클리어 지점까지 얼마나 빨리 가는가를 실제 시간을 바탕으로 겨루는 방식.

뭐, 실제로는 누구나 폐장까지 버티지는 못하고, 중도 포기를 선택하게 되겠지만. 평균 두 시간이라는 클리어 시간은 어디까지나 클리어한 자만 집계한 평균치이리라. 클리어율 자체는 상당히 낮을 것이다.

"애당초 클리어하는 것만도 어렵다는 거로군요. 용의자 A씨는 클리어하셨나요?"

"네. 한 시간 반 만에 클리어했다고 본인은 진술했습니다."

"평균을 대폭 단축한 셈이네요. 멋져라. 과연, 마니아를 자부할 만해요. 그렇지만 이 경우, 빨리 클리어한 것이 용의자 A씨에게는 결코 좋은 일이 아니죠? 그에 따라 자신의 알리바이가 성립되지 않을 수도 있으니까요."

"바로 그렇습니다. 단, 본인이 주장하는 한 시간 반의 클리어 시간으로는 그럭저럭 알리바이가 성립됩니다. 이 유원지에서 범행 현장까지 걸리는 시간을 고려하면 탈출 게임은 한 시간 이내로 클리어하지 않으면 안 됩니다."

"한 시간 이내."

가만히 수긍하는 쿄코 씨. 의뢰 내용을 짐작한 모양이다.

그러나 유사카 경부는 일단 분명히 말해 두기로 했다. 가장 빠른 형사에게 있을 수 없는 신중함이다.

"그러나 용의자 A는 참가했던 플레이어로서 한 시간 이내는커녕 한 시간 반을 밑도는 타임으로도 클리어는 불가능하다고 우

기고 있습니다. 따라서 자신의 알리바이는 반석과도 같다고. 그
러니 쿄코 씨는 가장 빠른 탐정으로서."

이 유원지의 탈출 게임을 한 시간 이내의 타임으로 클리어해
주었으면 합니다.

4

엄밀히 말하자면, 설사 '용의자 A'가 제시한 '탈출 게임에 참
가 중이었다'라는 알리바이를 무너뜨리지 못한다 해도 사건의
입건 자체는 불가능하지 않다.

긴박성이 없다고 판단하게 되면 곤란하므로 쿄코 씨에게는
이야기하지 않았으나, 사실 용의자 A는 이미 체포되었다. 알리
바이를 주장한다고 해도 증인이 있는 것도 아니고, 이대로 기소
로 몰고 가는 데 그리 어려움은 없다.

그래도 유사카 경부가 진행을 보류하고 망각 탐정에게 알리
바이 무너뜨리기를 의뢰한 것은 그의 둔중한… 아니, 신중한 성
격 때문이다.

본인은 일관되게 범행을 부인하는 셈이고, 만약 재판 단계가
되어 증인이나 새로운 증거라도 등장해서 형세가 역전되면 곤란
하다.

입건한다면 한 치의 빈틈도 없이 입건하고 싶다.

범인에게서 모든 변명의 여지를 빼앗고 싶다.

법을 어긴 자의 '놈들은 수사를 적당히 해치웠다'라는 원망을 참을 수 없는 것도 아니고, 반대로 '조금 위화감이 있지만… 뭐, 됐어'라는 방식에 적당히 입건되어 버리는 용의자의 입장을 헤아리는 것도 아니지만, 어떤 사건이든 어떤 위화감이든 소홀히 하고 싶지는 않다.

만약 그럴 '자격'이 있다면 유사카 경부 스스로가 탈출 게임에 도전하겠지만, 유감스럽게도 그는 유원지 자체에 별 소양이 없다. 게다가 유사카 경부는 용의자 A가 주장하는 알리바이를 음미할 적에 탈출 게임의 내용을 알아 버렸다.

이른바 스포일러를 당했다.

이 상태에서 도전하면 클리어 타임이 한 시간을 밑도는 게 당연하다. 이래서는 아무런 증명도 알리바이 무너뜨리기도 되지 않는다. 어디까지나 제로 베이스 상태에서 게임에 도전하여 한 시간 이내에 '탈출' 가능함을 증명하지 않으면 안 된다.

그러나 이것이 의외로 어렵다.

아니, 도전하는 내용 자체도 어렵지만 '게임의 자세한 내용을 모른다'라는 전제 조건을 충족하기가 매우 어렵다. 어쨌거나 대형 유원지 안에서 개최되는 인기 이벤트다. 많을 때는 하루 수천 명이 참가한다. 참가자로서 게임 내용을 유포하지 않는 건 최소한의 매너지만, 현대 사회에서 완전한 비밀 유지는 불가능하다.

유사카 경부의 부하 중에는 그런 유의 수수께끼 풀이 이벤트에 숙달된 자도 결코 없는 게 아니었지만, 그 형사가 비록 한 시간 이내의 클리어 타임을 달성한다 해도 '어차피 인터넷에서 검색하거나 해서 사전에 답을 알고 있었던 것 아냐?'라는 의심은 피할 수 없다.

경찰이 용의자에게 의심을 사서 어쩌자는 건가 싶지만, 직접적인 답은 아닐지라도 사실상 보강수사 중에 예습을 해 버린 유사카 경부로서는 그 가능성을 무시할 수 없다.

그러던 차에 적임자로 선택된 것이 망각 탐정이었다.

하루 만에 기억이 리셋되는 망각 탐정이라면 예습도 스포일러도 없다.

극단적으로 말해서 그녀가 어제 이 유원지의 탈출 게임에 참가하여 이벤트를 클리어했다 해도 '오늘의 쿄코 씨'는 그 내용은커녕 참가 사실 자체도 기억하지 못한다.

완전한 백지 상태이다.

따라서 만약 쿄코 씨가 오늘 이 순간부터 문제의 탈출 게임에 도전하여 알리바이가 불성립될 만한 타임을 달성한다면 그로써 동시에 용의자 A의 범행이 확정된다.

적어도 시간표상으로는.

뭐, 그때는 그때대로 가장 빠른 탐정과 같은 타임을 과연 용의자 A가 달성할 수 있냐는 반대 시각도 생겨날지 모르지만, 수수께끼 풀이 게임 마니아인 용의자 A와 탈출 게임에는 문외한이어도 (현실의) 미스터리 마니아인 명탐정이라면, 조건은 대략 동등하다고 유사카 경부는 판단했다.

좋은 승부이리라.

물론 이겨 주지 않으면 곤란하지만.

"그렇군요… 제가 백지 상태에서 수수께끼 풀이 이벤트에 도전하여 낸 기록은 곧 논리상 최단 기록인 셈이니까요. 반대로, 만약 제가 클리어에 한 시간 반 이상을 소요한다면 그보다 빨리 클리어할 수는 없다고 논리적으로 증명된 거나 마찬가지죠. 그밖에 증거가 있음을 생각하면 용의자 A씨가 그로써 당장 결백한 게 되지는 않더라도."

굉장한 자신감이다.

그러나 유사카 경부가 조사한 바에 따르면 이번 탈출 게임을 클리어한 최단 타임은 역시 한 시간 반 내외 정도인 모양이다. 물론 인터넷상에는 '난 20분 만에 클리어했다'라고 큰소리를 치는 자도 있기는 있었으나, 유감스럽게도 신빙성이 떨어진다.

그 사실을 알고 용의자 A가 한 시간 반이라는 숫자를 주장하는 건지도 모르는데, 부디 쿄코 씨가 그 '기록'을 깨 주었으면 한다.

"알겠어요. 아무쪼록 맡겨 주세요. 단, 그렇다면 플레이 중에는 유사카 경부님에게 동행을 부탁드리게 돼요. 스피드를 추구한 나머지 제가 해서는 안 될 부정행위를 저지르지 않는지 어떤지 철저히 감시해 주셔야 하니까요."

"아, 네."

극단적인 말로 부정행위를 저지르든 말든 한 시간 이내의 타임을 내 주기만 한다면 그걸로 만족이지만, 그런 소리를 하면 가장 빠른 탐정의 모티베이션이 떨어질 것이다. 뭐, 동행한다면 유사카 경부는 힌트를 주지 않도록 주의하지 않으면 안 되리라.

유감스럽지만 팀플레이의 묘미는 없다.

"그럼 출발 전에 두세 개 확인하도록 할게요. 용의자 A씨가 설사 이 유원지의 탈출 게임에 참가했다 하더라도 한 시간 이내에 클리어했다면 알리바이는 성립되지 않는다. 그런 거였죠? 그럼 그에게… 또는 그녀에게 부정행위를 저지를 여지가 있었다면 한 시간 반이라는 타임은 신뢰할 수 없게 되는 거네요?"

"음… 즉, 무슨 뜻입니까?"

"즉, 유사카 경부님처럼 사전에 밑조사를 하고 탈출 게임에 도전했다면 기록을 이론값보다 단축할 수 있지 않았을까요? 아니, 실제로 그렇게 했는지 어떤지는 둘째 치고… 누구라도 가능한 반칙을 썼을 경우의 최단 기록이 한 시간을 밑돈다면 제가 도전할 것도 없이 용의자 A씨의 알리바이는 성립되지 않는 셈 아닌가요?"

"아… 네. 죄송합니다, 그 부분은 설명이 부족했군요. 그만 생략해 버렸습니다."

"초고속을 추구하기 위해 생략해 버린 거로군요."

"아니요, 그럴 생각은 추호도 없습니다…. 당초에는 저희도 그 가능성으로 용의자 A의 알리바이를 무효화할 생각이었지만, 그건 절대 아니라고 A는 일언지하에 부정했습니다."

"부인하는 용의자가 부정했다면, 이중 부정이네요."

"이중 부정은 아닙니다만… 용의자 A는 자칭 마니아인 만큼 현재의 탈출 게임이 스타트된 첫날, 그것도 개장 직후 이 유원지를 찾았다고 합니다. 말하자면 초창기 플레이어죠. 즉, 백지 상태에서 플레이했다는 의미에서도 '오늘의 쿄코 씨'와 같은 컨디션인 셈입니다."

당연히 그 또한 사전에 정보를 입수했을 가능성을 완전히 지울 수는 없다. 유원지 직원이나 이벤트 주최자와 내통했다면 첫날 이전에 내용을 파악하는 일도 불가능하지는 않으리라.

"흐음. 확실히 추리소설 마니아가 추리 작가와 교류를 갖고 있듯이 탈출 게임 마니아라면 관계자 중에 커넥션을 갖고 있어도 부자연스럽지는 않겠네요. 하지만 만약 용의자 A씨가 알리바이 공작을 위해 첫날의 퍼스트 플레이어가 되었다면 잠정적으로 그 가능성은 없다고 생각해도 좋을 것 같아요."

"네…. 저도, 그에 대해서는 같은 의견이긴 합니다만, 쿄코 씨는 왜 그렇게 생각하시죠?"

참고로 유사카 경부가 그렇게 생각하는 건 마니아이기 때문에 스포일러를 알려고 하지 않을 거라는 판단에서다. 쿄코 씨의 예를 빌리자면, 아무리 추리 작가와 교류가 있다 하더라도 결말을 먼저 들으려는 추리소설 마니아는 있을 리 없다고 판단한 것이다. 하긴, 이 생각에는 '알리바이 공작을 위해서라면 보통은 하지 않는 일이라도 하지 않겠나'라는 맹점이 있지만….

"용의자 A씨의 입장에서 생각하면 명백해요. 커넥션… 특별한 루트가 존재한다면, 그것이 노출된 시점에서 모든 게 헛수고가 될 알리바이 공작을 하려고 하진 않겠죠. 어디까지나 그 인간관계는 이번 살인을 위해서가 아닌 일상적이고 취미적인, 탈출 게임을 위해 쌓은 것이니까요."

은폐는 어려울 거예요.

쿄코 씨는 그렇게 말했다. 그것도 어디까지나 가정이며 탁상공론이기까지 하지만, 유사카 경부의 근거보다는 어느 정도 신빙성이 있어 보인다.

설마 용의자 A도 이번 살인만을 위해 오래전부터 탈출 게임에 열중해 왔을 리는 없을 것이다.

"질문은 끝입니까? 쿄코 씨."

"음… 뭐, 본심을 말하자면 몇 개쯤 더 확인하고 싶은 것도 있고, 가급적 사건의 세부 사항도 들려주셨으면 하지만, 이 이상

얘기하면 그만 게임 내용이 언급되고 말지도 모르겠네요. 좋은 타이밍이니 여기까지 해 둘까요."

대화를 끊기 좋은 타이밍이었다기보다 마침 L사이즈의 커피를 다 마셨기 때문이라는 듯 쿄코 씨는 빈 컵을 테이블에 놓고 일어섰다.

"그럼, 이제부터 초고속으로 해결하도록 하죠… 아니."

초고속으로 탈출하도록 하죠.

도전적인 미소를 지으며 쿄코 씨는 그렇게 말했다. 아니, 그러니까 나는 도전 신청을 하지 않았다니까.

5

초심자인 쿄코 씨가 알기 쉽도록 지금껏 '탈출 게임'이라는 포괄적인 말로 설명했지만, 정확을 기하자면 이 유원지에서 개최되는 수수께끼 풀이 이벤트에는 '베이커가街의 추적'이라는 제목이 붙어 있다. 그러므로 '추적 게임'이라고 하는 것이 더 옳다.

부제는 '교수가 남긴 편지教授からの置手紙'이다.

플레이어는 베이커 스트리트 일레귤러스Baker Street Irregulars의 일원으로, 셜록 홈스의 숙적인 모리어티 교수를 쫓는다는 설정이다.

뭐, 역할이 명탐정 그 자체가 아닌 건 살짝 다른 느낌이지만, 현실의 명탐정인 오키테가미 쿄코가 도전하기에는 어느 정도 유리한 세계관이라고 할 수 있을 것이다. 그렇다기보다 유사카 경부는 그 세계관 때문에(혹은 바로 '남겨진 편지, 즉 오키테가미 置手紙'라는 키워드 때문에) 망각 탐정에게 의뢰하는 안을 떠올렸다고 말하는 편이 순서에 맞는다.

유원지 한 모퉁이를 베이커가로 간주하고, 셜록 홈스와 왓슨이 살던 셰어 하우스의 3층에서 게임은 스타트된다.

'수수께끼 풀이 이벤트를 위해 거리를 하나 재현하고 건물을 한 채 세웠으니 대규모인 건지, 특이한 건지….'

어느 쪽인가 하면 특이한 것이리라.

유원지란 원래 그런 시설인지도 모르지만.

"과연. 이번에는 이 한 모퉁이를 베이커가로 간주하지만 이벤트마다 설정을 자유롭게 바꿀 수 있도록 되어 있군요. 이 빌딩도 이번에는 홈스 씨의 사무소로 간주하지만 저택으로도, 학교로도 간주할 수 있도록 되어 있다. 흠흠, 재미있어요."

쿄코 씨는 단순히 감탄하는 것 같았다.

아니, 즐기는 듯하다고도 할 수 있다.

실제로 "유원지에 놀러 온 게스트 역에 완전히 몰입하는 것이 중요하겠죠."라면서 마스코트 캐릭터 모자를 구입하여(구입한 것은 유사카 경부지만) 백발을 감추듯이 푹 눌러썼다.

"자요, 유사카 경부님도. 완전히 몰입하는 건 중요하다고요."

하면서 역시 마스코트 캐릭터를 본뜬 이상한 안경을 건넸다 (이것도 구입한 것은 유사카 경부다).

"잘 어울려요. 역시 경부님. 잠입 수사는 자신 있겠어요."

놀리고 있다는 생각밖에 들지 않았으나 이제부터는 망각 탐정의 방식에 따를 수밖에 없다. 오히려 정보 유출을 막기 위해 가능한 한 철저히 과묵해야 한다.

접수처에서 팸플릿을 받는 쿄코 씨에게 '탈출 게임에서는 그 팸플릿을 잘 읽는 것이 중요합니다. 어떤 힌트가 숨겨져 있을지 몰라요'라고 충고할 뻔했지만, 자중했다.

상식 레벨이기는 하나 완전한 노 힌트로 가장 빠른 속도를 달성해 주었으면 한다. 이것은 희망 사항이라기보다 그냥 기대가 되어 버릴지도 모르지만.

그러나,

"스, 스마트… 폰? 폰? 애…앱? 다… 다운… 다운로…드?"

하며 안내양(세계관적으로는 '양'이 아니라 허드슨 부인인 것으로 되어 있다. 그것을 복장으로 알아차리는 자는 역시 극소수겠지만)의 설명에 의아한 표정을 짓고 있으니 역시 조언이 필요했다.

상식 이전의 문제이다.

'스마트폰과 앱은 그렇다 쳐도, 아무리 망각 탐정이지만 다운

로드에서 헤맬 리가 없을 텐데.'

"호오. 이것이 현대의 휴대전화인가요. 그리고 애플리케이션이라는 건 소프트웨어 같은 것이로군요? 이걸 스토어에서 다운로드하여….."

초반에 뜻밖의 시련에 부딪쳤지만 다행히 이 부분은 타임에 포함되지 않는다. 쉽게 이해한 모양이니 큰 핸디캡도 되지 않으리라.

"이 게임만을 위한 소프트… 앱을 개발하다니, 제법 공을 들였네요. 본전은 뽑을 수 있을까요? 이벤트의 성격상 재방문객을 기대할 수 없을 텐데."

경제적인 것을 걱정하면서, 쿄코 씨는 유사카 경부가 빌려준 개인 스마트폰으로 작업을 진행했다.

"그러니까 몇 개월마다 이벤트 내용을 변경하는 거라고 생각합니다. 용의자 A에게는 그 변경이야말로 노리는 바였는…지도 모릅니다."

"그렇겠죠. 퍼스트 플레이어라 스포일러는 없었을 거라는 주장에는 역시 심술궂은 명탐정으로서 작위적인 것을 느끼지 않을 수 없어요. 하긴, 지금의 저는 명탐정이 아니라 베이커 스트리트 일레귤러스지만."

"…일단, 확인해 주었으면 합니다만, 셜록 홈스에서 베이커 스트리트 일레귤러스라는 건 일본에서 말하는 아케치 코고로의 소년 탐정단 같은 것이죠?"

"바로 그거예요. 이 팸플릿에도 해설이 기재되어 있어요. 다소 설명이 허술하지만… 뭐, 넘어가기로 하죠."

추리소설 마니아가 탈출 게임에 너그러운 태도를 취했다. 갑자기 왜 이럴까.

"그나저나 동경해 왔어요. 베이커 스트리트 일레귤러스. 셜록 홈스의 손발이 될 수 있다니, 어린 시절부터 꾸어 온 꿈이 하나 이루어진 기분이에요."

망각 탐정도 어린 시절의 꿈은 기억하고 있는 걸까. 어쩌면 그 부분은 적당히 말했을 뿐인지도 모른다.

앱 인스톨도 무사히 끝난 것 같으니 슬슬 스타트를 끊었으면 좋겠다.

"그렇군요. 서두를까요. 가장 빠른 탐정이 재촉을 받다니, 당치도 않죠. 스마트폰은 이대로 게임 클리어까지 빌려도 될까요?"

"네, 물론입니다."

클리어하지 못했을 경우를 전혀 상정하지 않는 듯한 그 말투는 단순히 믿음직스러웠다.

"단, 스마트폰의 브라우저 앱으로 답이나 힌트를 검색하는 것은 말할 필요도 없이, 안 됩니다."

"네. 말씀하실 필요도 없어요. 그리고 리얼 타임 어택이지만 뛰는 것도 금지해 둘까요. 다른 손님도 계시니 부딪치면 위험하니까요."

빨리 걷는 정도라면 괜찮지 않을까도 싶었지만, 쿄코 씨는 자신을 속박하는 룰이 있으면 더 불타는 타입일 거라는 판단에서 말참견은 안 하기로 했다.

"느긋하게 가자고요. 그리하여 가증스러운 모리어티 교수를 라이헨바흐의 폭포에 떠밀어요."

아무리 대규모 시설이라 해도 그런 다이내믹한 라스트 신이 기다리고 있을 것 같진 않았으나, 역시 말참견은 삼가는 유사카 경부. 침묵을 유지한 채 그는 스톱워치를 작동했다. 스마트폰을 빌려주게 되었으므로 손목시계의 스톱워치 기능이다. 이 기능을 쓰는 건 몇 년 만일까.

어쨌든 간에 '베이커가의 추적'은 개시되었다.

6

당연한 일이기는 하나 그 후의 전개는 유사카 경부가 미리 조사한 대로였다. 범인을 아는 추리소설을 읽는 것과도 같다.

하긴, 뛰어난 추리소설은 여러 번 다시 읽을 가치가 있듯이 답을 알아도 아는 대로 즐길 수 있는 내용이기는 했다. 놀이를 모르는 유사카 경부가 즐길 수 있을 정도니 이것은 정말 즐거운 이벤트이리라.

쿄쿄 씨도 즐거운 눈치다.

즐기고만 있으면 곤란하지만.

자신이 실은 베이커 스트리트 일레귤러스가 아니라 명탐정임을, 적어도 잠들 때까지는 잊지 않기를 바란다.

'뭐, 나도 모든 전개를 파악하고 있는 건 아니지만….'

스포일러에 노출되면 곤란하다는 것을 깨달은 시점에서 사전조사는 그만두었다. 아주 아슬아슬했지만, 그 보람은 있어 이벤트의 최종 단계는 겨우 노출되지 않았다.

'그 최종 단계를 포함하여 분명 이 '추적 게임'은 네 단계로 구분…되어 있었어. 세 번째 단계까지는 홈스의 사무소 건물 각 층에서 이루어지고, 최종 단계에서 건물 밖 베이커가로 나온다….'

거리에 나온 다음은 유사카 경부에게도 미지수다. 즉, 빌딩 내부에 있는 동안만 쿄쿄 씨에게 힌트를 주지 않도록 과묵한 형사인 척하면 된다는 거다.

'셜록 홈스의 모험담이라면 어린 시절 꽤 깊이 몰두해 있었지만… 등장하는 형사의 이름까지는 기억나지 않는군. 뭐였더라…?'

하긴, 이야기 속 셜록 홈스가 그렇듯이 쿄쿄 씨에게는 유사카 경부의 서포트가 전혀 필요 없는 듯했다. 1단계, 2단계, 3단계까지 거의 논스톱으로, 그러나 우아하게 착착 클리어해 나간다.

전혀 초심자 같지 않은 명쾌한 동선이다. 그뿐만 아니라 첫 플레이에서는 있을 수 없는 스피드였다. 그런 면허증이 있는지 어 떤지는 확실하지 않지만 탈출 게임의 프로가 아닐까 싶은 발걸 음이다.

물론 부정행위를 저지르는 낌새는 없다. 감시자 역할을 부탁 받았지만 아무래도 그럴 필요는 없을 것 같다. 오히려 쫓아가는 것만으로도 버겁다.

그러나 움직임은 빨라도 답을 미리 알고 있다는 건 아닌 듯했 다. 그런 의미에서는 답을 아는 유사카 경부가 보기에 쿄코 씨 의 움직임에는 군더더기가 많았다.

논스톱이기는 하나 결코 최단 거리를 더듬어 가진 않는다. 정 답에 이르기까지 수차례 오답을 경험한다. 반대로 말해 시행착 오와 실패를 두려워하지 않는다.

'급할수록 돌아가자는 건 아니겠지만, 결국에는 그게 제일 빠 르다는 걸까. 나라면 더 신중하게 생각할 것 같은데….'

망라 추리라는 망각 탐정 특유의 스타일은 아마 탈출 게임에 서도 그런대로 유효한 모양이다. 스타트 때만 해도 낯선 스마트 폰에 인스톨한 전용 앱을 조작하느라 애를 먹은 듯하지만, 3단 계를 클리어할 무렵에는 조작에 관한 타임 로스도 사라져 있었 다.

적응력이 높다. 이 또한 빠르다고 해야 할까.

그것이 하루마다 기억이 리셋되는 체질 때문인지 어떤지는 확실하지 않지만, 시행착오와 실패를 두려워하지 않는 그녀이기에 결과적으로 적응 속도 역시 스피디해지는 건지도 몰랐다.

"수수께끼 풀이 이벤트와 추리소설의 궁합이 좋기 때문이기도 하겠죠. 하지만 둘 사이에는 결정적인 차이도 있는 것 같아요."

라고 혼잣말할 여유도 생긴 모양이다.

결정적인 차이요?

라고 하마터면 받아칠 뻔했지만(그 정도는 해도 될 것 같았으나 어쨌거나 상대는 명탐정이다, 어떤 발언을 단서로 '지금 뭐라고 말씀하셨어요?'라며 뒤를 돌아볼지 모른다), 유사카 경부는 가까스로 입을 다물었다. 쿄코 씨는 신경 쓰는 기색도 없이,

"추리소설과 달리 탈출 게임은 어느 정도 수수께끼를 풀어 줄 것을 전제로 구성되어 있다는 점이에요. '독자에 대한 도전'이라는 시스템도 있지만, 모 아니면 도라는 식의 미스터리 세계와는 그런 점에서 크게 다르네요."

라고 말을 이었다.

맞장구를 칠 수 없어서 그 발언이 의도하는 바를 완전히 파악했는지 어떤지는 알 수 없지만, 그것은 사전 조사를 하는 단계에서 유사카 경부도 느낀 것이다.

비록 처음 플레이하는 자일지라도 어느 단계까지는 진행할 수 있도록 되어 있다. 게다가 구제 조치도 있다. 이를테면 이 '베이커가의 추적'의 경우 풀다가 막혔을 때는 허드슨 부인이나 왓슨

조수, 또는 셜록 홈스 본인이 힌트를 주는 구조로 되어 있다고 한다.

앱 안의 기능으로 전화가 걸려 오거나 문자가 도착하는 형태이다.

홈스에게서 힌트를 얻을 수 있다는 건 미스터리 팬이라면 군침을 흘릴 만큼 매혹적인 상황이며 유사카 경부는 은근히 그 전개를 기대하는 마음도 있었으나, 아쉽게도 논스톱으로 진행하는 쿄코 씨에게는 홈스나 왓슨은커녕 허드슨 부인의 연락조차 없었다.

고전 명탐정과 현대 명탐정의 대화를 들을 수 있지 않을까 했던 유사카 경부의 희미한 기대는 허무하게 사라진 셈이다. 뭐, 업무상의 기대에는 부응해 주고 있으니 아무 문제도 없지만.

그건 그렇고.

1단계 '수수께끼'는 홈스의 방에 남겨진 모리어티 교수의 편지 네 통을 짜 맞추어 해독한다는 것이었다. 애너그램이나 크로스워드 퍼즐 같은 퀴즈로, 솔직히 유사카 경부라도 잘 생각하면 풀 수 있겠지 싶은 것이었다.

그에 따라 도출된 키워드 '네 개의 서명'을 앱 안에 띄워진 보드에 손글씨로 써넣으면 3층에서 2층으로 내려갈 수 있었다.

2단계는 음악에 관한 문제였다. 필시 바이올린의 명수인 셜록 홈스를 제재로 삼은 '수수께끼'라는 생각이 든다. 단, 문제로 쓰인 것은 바이올린이 아니라 피아노였다.

이것도 난이도 조절의 일환이리라. 바이올린 같은 전문적인 악기가 문제의 소재로 쓰이면 유사카 경부 같은 사람은 풀 엄두도 안 난다. 피아노라면 딱히 배우지 않았어도 도레미파솔라시도 정도는 누구나 알 것이다.

피아노 건반을 스마트폰 화면에 뜬 컴퓨터용 키보드로 치환하여 메시지를 입력('편지에 답장한다'라는 설정이었다)함으로써 1층으로 향하는 문이 열렸다.

유사카 경부가 어려워지기 시작했다고 느낀 시점은 1층에 내려가서 맞닥뜨린 3단계 '수수께끼'부터로, 모리어티 교수의 흔적을 쫓는 형태로 3×3의 마방진 퍼즐을 풀게 되었다. 그 퍼즐 자체는 그리 어려운 게 아니었지만 풀이한 답이 무엇을 의미하는지 몰라서 많은 플레이어가 좌절을 맛보는 모양이다.

쿄코 씨도 이쯤에서 슬슬 멈추어 서지 않을까 싶었는데,

"이건 분명 피처폰의 숫자키 1부터 9까지를 재배열한 거겠죠. 따라서 앱 안의 전화 기능을 이용하는 것이라고 생각해요."

하고 순식간에 해치웠다.

암호 계열의 '수수께끼'는 오히려 망라 추리가 가장 자신하는 분야인지도 모른다. 더불어 피처폰이란 갈라파고스 휴대전화*의

※갈라파고스 휴대전화 : 세계 표준과 상관없이 일본에서 독자적으로 진화한 휴대전화를 자조적으로 칭하는 말.

순화된 표현인가 보다.

그렇게 쿄코 씨는 3단계 '수수께끼'까지는 막힘없이 달성해 버렸다. 뭐, 앞서 말한 대로 여기까지는 시간을 들이면 대부분의 플레이어가 도달할 수 있다. 그렇게 만들어져 있다.

추리소설과의 차이.

유원지 안의 엔터테인먼트이니 '수수께끼'가 아니라 '수수께끼 풀이'를 즐겨 주지 않으면 안 된다는 제약이 탈출 게임에는 있는 듯하다. 물론 추리소설 또한 엔터테인먼트임에는 틀림없지만, 미스터리에 있어 독자가 '조금만 더 하면 풀었을지도 모른다'라고 생각하는 것은 거의 작가의 패배를 의미하기에 자연스럽게 난이도는 턱없이 높아지기 십상이다.

그것을 '모 아니면 도'라고 쿄코 씨는 표현했는데, 그렇게 따지면 탈출 게임은 정답률이 8할까지만 실현되면 '좋은 이벤트'가 될 듯하다.

이 '베이커가의 추적'을 유사카 경부가 리서치했을 때 기본적으로 평판이 좋았던 것도 납득이 간다. 단, 즐겁게 수수께끼를 풀 수 있는 것은 이 3단계까지다.

4단계.

접수했을 때와는 다른 출구로 위병에게 유도되어 밖으로 나온 순간 플레이어는 아연실색하게 된다. 베이커가가 미로화되어 있기 때문이다.

이 미로를 올바른 경로로 공략하면(골인 지점이 라이헨바흐의 폭포인지 아닌지는 둘째 치더라도) 모리어티 교수의 뒤를 따라잡을 수 있다. 그럴 수 있다고 하지만.

"이거, 곤란하게 됐네요."

제아무리 쿄코 씨라도 이곳에서는 비로소 발을 멈추었다. 무리도 아니다. 종이 위에서 미로를 푸는 것과 삼차원에서 미로에 도전하는 것은 요령이 전혀 다르다.

아니, 그뿐만 아니라 이렇게 미로의 스타트 지점에서 거리를 바라보는 한, 육교가 있거나 지하도가 있어서 오른손의 법칙* 등으로 공략할 수 없는 구조임에는 명백하다.

전체를 부감하지 못하면 감에 의지할 수밖에 없는데, 이 국면에서는 실패를 두려워하지 않는 망라 추리가 활약할 기회가 없다. 아무래도 타임 로스가 너무 크다.

그래도 언젠가는 클리어할 수 있을지도 모르지만, 지금의 그녀는 리얼 타임 어택 중이다. 날이 저물지도 모르는데, 아무래도 운에 맡기는 방법을 실행할 수는 없다.

잘하면 한 시간 반 만에 클리어할 수 있도록 짜여 있기는 할 테니 이 미로를 직감에 의지하지 않고 공략하는 방법은 있을 것이다. 실제로 이 4단계에 이르도록 쓰이지 않은 힌트가 있었다.

※오른손의 법칙 : 미로의 공략법 중 하나로 오른손을 벽에 댄 채 나아가는 방법.

난로에 나이프로 박혀 있던 편지의 말미에 기재되어 있던 서명, '마이크로프트 홈스'.

두말할 것도 없이 홈스의 친형 이름인데, 작위적인 형태로 의미심장하게 등장한 그 키워드를 지금껏 쿄코 씨는 한 번도 사용하지 않았다. 그렇다면 지금이야말로 그것이 나설 차례라고 초심자라도 생각할 법한데.

"네… 그렇겠죠. 특히 마이크로프트 홈스라면 원작 소설에서 마차를 모는 마부로 등장했으니 미로 안내인에는 더할 나위 없이 어울릴 거예요."

쿄코 씨가 마니아 같은 소리를 했다.

역시 맞장구를 칠 수는 없지만.

아니, 게임이 이 최종 단계에 이른 이상 이제 유사카 경부도 무심코 해답을 흘릴 일은 없다.

이 앞의 미로에는 사전 조사가 미치지 않았으니까.

곤란하다는 것을 깨닫고 그만두었기 때문이지만, 클리어한 자의 수가 적어 필연적으로 전 단계에 비해 누설된 정보가 현격히 적었던 탓도 있으리라.

손목시계에서 계속 작동되고 있는 스톱워치에 눈길을 준다. 현재 45분 32초. 무시무시한 속도로 게임을 진행해 온 쿄코 씨이기는 하나 이대로 계속 현관 앞에 멈추어 서 있으면 목표했던 한 시간 이내의 클리어 타임은 달성할 수 없을 것이다.

"으~음…."

쿄코 씨는 스마트폰 앱을 집게손가락으로 요리조리 조작하면서 입을 삐죽 내밀었다.

고민 중이라기보다 불만스러운 기색이다.

발을 멈추면서도 손가락은 계속 움직인다는 의미에서는 결코 게임을 때려치운 것이 아니겠지만… 이곳에 멈추어 서 있기보다는 차라리 모 아니면 도 식으로 미로 안에 들어가 버릴 수도 있지 않을까?

"저기, 쿄코 씨…."

무슨 말을 하려던 건 아니지만 참다못한 유사카 경부가 결국 그렇게 말을 건 것과 거의 동시에, 마치 크로스 카운터 펀치처럼 "저, 유사카 경부님…." 하고, 망각 탐정도 말을 걸어왔다.

유사카 경부에게는 크로스 카운터 펀치지만, 쿄코 씨는 자신보다 빨리 말을 걸었다는 식으로 받아들였는지 '어머어머, 가장 빠른 형사는 말도 가장 빨리 거나요'라는 식으로 쏘아보았다.

초고속에 대한 그 집착은 뭘까.

그 부분에 기대를 걸고 있지만 아무리 그래도 도가 지나친 것 같다. 어쨌거나 하고 싶은 말이 있었던 것도 아닌 유사카 경부는 "왜 그러십니까." 하고 우선권을 양보했다.

"새삼스럽지만, 클리어 타임이 평균 두 시간이라는 건 기준으로서 미리 공식 발표된 것이겠죠? 용의자 A씨가 그것을 알고 알리바이 공작에 이용했다고 가정하면… '한 시간 반 만에 클리어했다'라고 주장하기보다 '두 시간 이상 걸렸다' 혹은 '클리어하지 못했다'라고 주장하는 편이 알리바이 공작을 위해서는 훨씬 플러스가 되었을 것 같은데요…. 처음부터 의문이기는 했는데, 어째서 그 또는 그녀는 그렇게 하지 않았을까요?"

"음, 뭐… 그야, 그렇겠지만… 마니아임을 자부하는 용의자 A로서는 아무리 알리바이 공작을 위해서라지만 탈출 게임의 클리어에 평균 이상의 시간을 소요했다거나 클리어하지 못했다고 말하는 건 자존심이 허락하지 않았던 게 아닐까요?"

즉흥적인 대답치고는 좋은 가설이라고 생각했지만, 쿄코 씨는 그걸로는 납득이 가지 않는 듯했다.

아니, 풀이에 막혀 기분 전환을 하려는 건지도 모르지만 지금은 사건이나 용의자보다 이 탈출 게임에만 전념해 주었으면 한다.

그러나 쿄코 씨는 그런 유사카 경부의 바람은 아랑곳없이,

"그럼, 유사카 경부님은 제게 무슨 말을 하려고 했던 거죠?"

라고 물었다.

"아니, 이렇게 이곳에 멈추어 서 있어 봤자 별수 없으니 과감하게 얍 하고 미로에 도전하는 게 좋지 않을까 생각했습니다만…."

암호로 고민하든 길을 헤매든 이쯤 되면 별 차이 없지 않을까

요, 라는 식으로… 아마 탈출 게임에서는 가장 취해선 안 될 사고방식을 권하려고 했을 유사카 경부였는데,

"어, 아뇨, 암호는 이미 풀었는데요?"

라는 말이 돌아왔다. 단박에.

그리고 이어진 고민스러운 말.

"단, 제가 어떤 기록을 내든 이 시스템이라면 결국 용의자 A 씨의 알리바이는 확실히 성립되어 버리겠죠….."

7

들자니 3단계를 마치고 건물을 나와 미로의 스타트 지점에서 발을 멈춘 순간, 쿄코 씨는 4단계 '수수께끼'를 거의 다 푼 모양이다. 하지만 그 방법은 **목적에 걸맞지 않는다**는 생각에서 다른 공략법을 찾느라, 즉 '마이크로프트 홈스'를 쓰지 않고 공략할 수단을 찾느라 발을 멈추었다고 한다.

"그렇지만 역시 그 키워드를 쓸 수밖에 없을 것 같네요. 시스템에 허점이 없나 고찰해 보았지만 철벽 같았어요."

수수께끼 풀이 자체는 앞의 세 개와 마찬가지로 답을 들으면 '조금만 더 하면 알았을 텐데' 싶은 것이었다. 실제로는 풀릴 수 없더라도 그래 보였다.

"부제에 '편지'라고, 되어 있듯이 이 이벤트의 테마는 통신과

연락, 서명이 주축이었으니까. 백 년도 더 전의 세계관을 어떻게 현대와 조화시켜 나가는가 하는 의미에서는 기억이 리셋되는 망각 탐정으로서 크게 느끼는 바가 있었어요. 1단계인 3층에서는 도출된 답을 **손글씨**로 전송했죠. 2단계인 2층에서는 피아노 건반에서 연상되는 **키보드로 입력**. 3단계인 1층에서는 피처폰의 입력키를 마방진으로 간주해서 사용했고요. 그럼 4단계에서는 **스마트폰 특유의 입력 방법**을 사용하는 게 아닐까 추리했어요."

3단계가 1층이라는 둥 하니 복잡해져 버리지만요, 라고 자잘한 말을 덧붙이며 쿄코 씨는 스마트폰 화면을 내밀었다.

앱 안의 문자 전송 화면.

그렇다.

쿄코 씨에게는 탈출 게임과 마찬가지로 처음이었던 스마트폰 특유의 문장 입력 방법이라면….

"**플릭**flick **입력**…입니까."

네, 하고 수긍하는 쿄코 씨.

"구체적으로는 '마이크로프트 홈스'라고 플릭 방식으로 입력[*]할 때의 **손동작**이 그대로 길 안내가 되는 셈이에요. 스마트폰의 일본어 자판을 기준으로, '마'라면 '앞으로 직진', '이'라면 '왼쪽

※플릭 방식으로 입력 : 휴대전화에서 일본어를 입력하는 방식의 하나. 버튼을 누른 뒤 특정 방향으로 끌어서 문자를 입력하는 방식.

으로 꺾는다', '크'는 '계단을 올라간다', '로'라면 '계단을 내려간
다'··· 따라서 '마이크로프트 홈스'는 일본어로 マイクロフトホ
ームズ마이쿠로후토호오무즈라고 표기하니까 '앞' '왼쪽' '위' '아래' '위'
'아래' '아래' '오른쪽' '위' '위' '앞'이에요.'"

"음··· 마지막은 '위' '앞'입니까?"

단숨에 말해서 순간 따라갈 수 없었지만 가까스로 물고 늘어
지는 유사카 경부. 쿄코 씨는 수긍하고, "네. '홈스'는 일본어로
표기했을 때 ホームズ호오무즈이고, 이때 'ズ즈'는 'スㅅ'와 '탁점'이
니까. '탁점' 키를 한 번 누르는 것을 '곧장 앞으로'로 해석했어
요."라고 설명했다.

아까지만 해도 스마트폰의 존재 자체를 잊고 있었던 사람
같지 않은 유창함이었다. 그렇게 단언한다면 검산할 필요는 없
으리라.

물론 플릭 입력 방식은 스마트폰 기종에 따라 각각 다르므로,
그 부분은 각각에 맞춘 미로 패턴을 앱에서 준비하는 것임에 틀
림없다. 유사카 경부의 경우 그 루트였던 모양이다.

정답이 꼭 하나일 필요가 없다는 것도 추리소설과의 차이인
가···.

"그, 그럼, 이 안내에 따라 미로를 공략하죠. 이제부터··· 뭐,
뛰지 않더라도 이제부터라도 서두르면 한 시간 이내에 클리어할
수 있지 않을까요···?"

"네. 저희는 아슬아슬하게 한 시간 이내라는 목표 타임을 클리어할 수 있겠죠. 그런데, 여기까지 조작해 보고 알았는데."

이 앱, 플레이 시간이 기록되는 것 같은데요.

라고 쿄코 씨는 말했다.

8

건물에서 베이커가로 나온 시점에서, 즉 미로 구역으로 나온 시점에서 조건이 갖추어졌는지 앱 안에서도 스톱워치가 돌아가기 시작했다고 한다.

즉, 모리어티 교수를 쫓아 미로를 공략하는 데 걸리는 시간이 분명히 화면에 표시되는 셈이다. 친절하게도 골인 시의 현재 시각까지 동시에 기록되는 시스템이었다.

일본식으로 말하자면 '몇 시 몇 분, 피의자 확보'이다.

이렇게 되면 쿄코 씨가 리얼 타임 어택의 결과 베스트 스코어를 경신하든 말든 용의자 A의 알리바이를 무너뜨리는 것과는 전혀 상관이 없어진다. 그 또는 그녀의 스마트폰 애플리케이션에 저장된 기록만 보면 되니까.

그 기록이 본인의 주장대로 한 시간 반이라면 유사카 경부는 알리바이를 무너뜨리기는커녕 용의자 A의 알리바이를 공고하게 뒷받침해 버린 거나 마찬가지였다.

그답지 않게 유원지까지 어슬렁어슬렁 찾아와 대체 무엇을 한 것인지. 아니, 물론 무고한 인간의 결백이 증명되었다면 그 역시 충분한 성과이기는 하나, 그래도….

"'무고한 인간'이라고는 하기 힘들겠는데요."

쿄코 씨가 유사카 경부의 속마음을 대변하듯 말했다. 추리한 방법 그대로 마이크로프트 홈스의 안내에 따라 미로를 탈출하여 모리어티 교수를 확보한 뒤(역시 폭포에 떠민다는 결말은 아니었다), 두 사람은 다시 카페테리아에 돌아와 있었다.

참고로 기록은 한 시간을 밑돌지 못했다.

리얼 타임 어택 실패다.

미로 입구에서 게임 내용과는 무관한 알리바이 무너뜨리기로 고민하지 않았더라면 필시 목표 타임은 클리어할 수 있었겠지만, 그 시점에 이미 달성의 의미는 사라져 있었다.

그 후로는 거의 이긴 게임이나 마찬가지였다.

아니, 미로 안에도 아직 이벤트는 남아 있었고 그 역시 꽤 괜찮은 '수수께끼'이기도 했지만, 이제는 완전히 본 취지가 아니었다.

"그런 확고한 알리바이 증거가 있다면 처음부터 제시했어야 하는데 그러지 않았다. 그저 구두로, 탈출 게임에 참가 중이었다고만 주장했다. 부자연스럽다고 말하지 않을 수 없어요. 설마 잊으신 것도 아닐 텐데."

 망각 탐정이 아닌 망각 범인도 아닐 테고, 라는 쿄코 씨. 그 점은 동의하는 수밖에 없다. 적어도 유사카 경부가 청취한 바에 따르면 용의자 A는 그런 별난 범인이 아니다.

 "하지만 그렇다 해도 그런 증거를 위조하는 건 어렵지 않겠습니까? 앱 다운로드는 외부에서도 가능하지만 게임 플레이는 현장에서 진행하는 수밖에 없으니….."

 "증거를 위조했다는 증거는 없지만."

 헷갈리게 말한 뒤, 쿄코 씨는 줄곧 쓰고 있던 마스코트 캐릭터 모자를 벗었다.

 "자신이 살인을 저지르는 사이 공범에게 스마트폰을 맡기고 탈출 게임을 플레이하게 하면 되지 않을까요. 이런 모자를 쓰고 유사카 경부님이 끼고 계신 것 같은 안경을 끼면 일단 변장은 될 테니. 유원지이기에 가능한 '바꿔치기 트릭'이죠."

 "'바꿔치기 트릭'….."

 확실히 이 아이템들은 게스트의 익명성을 보장하는 것이기도 하리라.

 "탈출 게임 용어로 말하자면 팀플레이일까요? 한 시간 반이라는 다소 짤막한 클리어 타임을 주장한 건 공범이 그 타임으로 클리어해 버렸기 때문에 그렇게 말할 수밖에 없었다고 보면 부자연스러움은 사라져요."

 "……."

불가능하지는, 않으리라.

증거는 없고 근거도 없다.

공범을 특정 짓는 일조차 거의 불가능하지만.

"…스마트폰과 앱 다운로드가 필수인 이벤트라는 건 미리 고지되었을 테니 그걸 알리바이 공작에 이용할 수 있다고 생각했을까요?"

"어차피 동기 등의 면에서 자신이 의심받을 걸 각오하고 무고의 증거를 만들어 두었다…. 경찰에 의한 수사 단계에서는 굳이 그것을 덮어 두고 검찰 단계 혹은 재판 자리에서 뒤집으려는 것인지도 모르겠네요. 장기간 구류됨으로써 배상금을 타 내려는 심산일 가능성도 있고요."

그렇게 필사적이었을 리가 있을까.

수전노 탐정의 추리는 너무 앞서 나간 것도 같지만, '어차피 의심받을 바에는' 싶어 요행을 꾀한 게 정말이라면 참으로 좋은 근성이다.

형세 역전. 유사카 경부도 가장 우려하던 가능성이다.

"하지만 뭐, 체포했을 때 스마트폰을 압수했으니… 섣불리 주장했다가 그 증거품이 훼손될까 봐 겁을 내고 있다는 것이 현실적이려나요…."

아무리 불리한 증거일지라도 설마 유사카 경부가 애플리케이션을 언인스톨하는 악덕 경찰 같은 짓을 할 리 없지만, 구리 구석이 있는 입장에서는 의심하는 것도 무리가 아니다.

단, 훼손할 일만 없는 게 아니라, 압수했다고는 하나 비밀번호로 잠긴 스마트폰 안을 들여다보는 일 또한 본인의 협력을 바랄 수 없는 이상 거의 불가능하다.

"네? 잠깐만요, 유사카 경부님. **지금 뭐라고 말씀하셨어요?** 용의자 A씨의 스마트폰을 압수했다… 체포했을 때?"

"아, 그게."

아뿔싸, 그건 아직 알려 주지 않았었다. 탈출 게임을 클리어한 일로 긴장이 풀려 그만 말하고 말았다.

아니, 원래부터 딱히 감출 만한 게 아니었고 게임을 클리어한 지금으로서는 감추는 게 더 이상하므로 말해 버려도 전혀 상관없지만, 탐정 역의 상투 어구라고 해야 할 '지금 뭐라고 말씀하셨어요?'를 직접 들으니 비밀 엄수의 어려움이 새삼 통감된다.

수수께끼 풀이 이벤트 중 침묵으로 일관한 것은 그럼 적절했다고 해야 할까. 그런데 참고인으로서 이야기를 들은 것과 체포하여 사정을 청취한 것이 어떻게 다르다는 걸까.

'물론 완전히 다르다 해도… 내가 무슨 말을 했더라?'

"아니, 용의자 A씨의 체포가 완료된 것 자체는 추리하는 데 중요하지 않아요. 중요한 건 스마트폰의 압수예요. 체포한 건 언제이며, 스마트폰을 압수한 건 몇 시의 일이죠?"

"…으음."

그야말로 '몇 시 몇 분, 피의자 확보'는 아니지만… 정확한 시각은 딱 떠오르지 않지만.

"사건 당일 저녁때입니다… 그게 어쨌기에?"

"그러면."

이라고 쿄코 씨는 말했다.

테이블 위에 놓인 유사카 경부의 스마트폰 화면을 집게손가락으로 건드리면서.

"그러면 **위조의 증거를 근거 삼아** 용의자 A씨의 알리바이를 무너뜨릴 수 있을지도 몰라요. 그러니까 유사카 경부님."

용의자 A씨의 지문을, 압수한 스마트폰에서 채취해 주실 수 있나요?

9

처음에는 무슨 말을 하는 건지 짐작할 수가 없었다.

본인의 스마트폰인 이상 본인의 지문이 검출되는 것은 당연하기 때문이다. 그러나 자세히 듣고 보니 채취해 달라는 것은 지문의 **움직임**이었다.

지문의 동선이었다.

"용의자 A씨가 정말 수수께끼 풀이 이벤트인 '베이커가의 추적'에 참가 중이었다면, 적어도 최종 단계의 키워드인 '마이크로

프트 홈스'를 입력한 **집게손가락의 흔적**이 스마트폰 화면에 남아 있지 않으면 이상하겠죠. 'マ' 'イ' 'ケ' 'ロ' 'フ' 'ト' 'ホ' 'ー' 'ム' 'ズ' '탁점'. 요컨대 '앞' '왼쪽' '위' '아래' '위' '아래' '아래' '오른쪽' '위' '위' '앞' 하고."

게임 참가로부터 시간이 경과하면 화면을 닦거나 새로운 입력을 되풀이하거나 해서 어느덧 입력 흔적은 사라져 버리겠지만, 당일 저녁때 압수했다면 동선이 남아 있을 여지는 있다.

비밀번호를 해독할 것도 없이 화면의 지문을 해석解析하면 된다.

만약에 그 흔적이 있다면 본인의 알리바이 주장을 완전히 뒷받침하는 것이 되겠지만, 만약에 **같은 움직임을 연상케 하는 다른 사람의 지문**이 검출된다면 공범의 존재가 떠오른다고도 할 수 있다.

하긴, 쿄코 씨는 거기까지 기대한 건 아닌 모양이다. 변장한 공범이 용의자 A의 스마트폰을 빌려 게임에 참가했다면 장갑을 끼든 스타일러스 펜을 사용하든 대책을 세웠을 거라고, 어떤 의미에서는 범인을 과대평가했기 때문이다.

하지만 설마 자신이 살인의 공범으로 몰릴 줄은 모르고, 단지 '대신 참가해 줘'라고만 부탁받은 용의자 A의 친구(탈출 게임을 통해 알게 된, 그야말로 '팀워크'에 의한 친구인 모양이다)는 애당초 변장 따위는 하지 않고 부주의하게도 맨손으로 스마트폰을 조작했기 때문에 '마이크로프트 홈스'라고 입력한 지문이 똑똑히 남아 있었다.

그 지문에 전과가 있는가 하는 것까지는 잘되지 않았으나, 둔중한 유사카 경부 혼자 착실하게 이 잡듯이 뒤짐으로써 지문의 주인은 밝혀졌다. 밝혀지고 나니 그다음은 아주 줄줄이 사탕이었다. 공범은 당연히 스마트폰을 빌릴 때 용의자 A에게서 비밀번호를 전해 들었기 때문이다.

그로써 확인할 수 있었던 것은 탈출 게임 앱의 유무가 아니라 용의자 A의 사생활이며, 결국 결정적인 증거가 된 것은 용의자 A와 피해자 A 사이에 오간 문자였다는 사실은 싱겁다고도 할 수 있고 얄궂다고도 할 수 있었다.

앱에 기록된 클리어 시간이라는 '증거'를 용의자 A가 스스로 제출하지 않은 이유는 재판 시 형세를 뒤집거나 하려던 게 아니라, 스마트폰 내의 개인 정보를 처리하기 전에 체포되고 말았기 때문인가.

하루 만에 기억이 리셋되는 망각 탐정은 그런 유사카 경부의 '향후 수사' 흐름을 당연히 끝까지 지켜볼 수 없었지만, 유원지를 떠날 때 이런 말을 했었다.

"제가 기억하는 시기부터, 기계에 의한 문장 입력에 익숙해지면 손으로 글자를 쓸 수 없게 될 거라는 말이 있었는데. 이러니저러니 해도 필적 감정은 영원히 유효하려나요."

쿄코 씨도 미래를 이야기할 때가 있는 모양이다.

그것이 아무리 초고속이어도, 결코 도달할 수 없는 미래라 해도.

오키테가미 쿄코의 가계부 끝

◈작가 후기◈

　추리소설을 즐기는 독서가가 한 번은 부딪치는 벽으로 '살인 이야기를 즐기다니 불경하다'라는 것이 있습니다. 그런 식으로 꾸중을 들을 때가 있는가 하면, '이 잔학한 악의를 엔터테인먼트로서 소화하는 나는 인간으로서 좀 그렇지 않은가?' 하고 스스로 의문을 제기하는 케이스도 있습니다. '아냐, 살인이 아닌 미스터리도 잔뜩 있다고. 예컨대 일상의 수수께끼라든지' 하는 변명이 가슴속에 떠오르지만, 일상의 수수께끼 역시 끔찍한 것은 끔찍하고, 어떻게 둘러대든 범죄 행위를 중심축으로 한 소설인 것은 굳건하여 흔들림이 없습니다. 논리적으로 규제되거나 자발적으로 규제되는 시대도 실제 있었던 모양이고 지금도 본질적으로는 별반 달라지지 않은 듯한 느낌이지만, 그럼 다른 소설은 그렇지 않은가 하면 또 그렇지도 않다고 할까요, 가족소설이나 연애소설 또한 트러블과 엇갈림과 비극에 등장인물을 직면시킴으로써 이야기가 형성되어 가니, '트러블과 엇갈림과 비극을 엔터테인먼트로 소화하는 나는 인간으로서 좀 그렇지 않은가?'라는 똑같은 고민을 할 것 같은 느낌이 듭니다. 정의를 그리기 위해서는 그에 필적하는 악을 그려야만 한다는 게 스토리텔링의 기본인데, 그와 또 다른 비교론으로 '즐겁다'라는 감정은 어딘지 '불경함'과 표리일체가 되어 있는 게 아닌지. 그것은 엔터테인먼트, 오락소설뿐만 아니라 순문학에서도 마찬가지로, 요컨대 '재미있다'는 '음흉하다'와 일맥상통하는 셈이 됩니다. 면종복배面從腹背! 하지만 뭐, 그러한 '고민'이라는 부정적인 감정도 즐겨 버리는 것이 인간이려나요.

이 책은 고민과는 무관한 존재로서의 명탐정을 그리는, 망각탐정 시리즈 제7탄입니다. 처음 뵙겠습니다. 앞의 두 작품 「오키테가미 쿄코의 퀴 보노(cui bono)」와 「오키테가미 쿄코의 서술 트릭」이 메피스토에 게재된 단편이고, 뒤의 두 작품 「오키테가미 쿄코의 심리 실험」과 「오키테가미 쿄코의 필적 감정」이 신작입니다. 각기 독립된 단편이기는 하나, 굳이 따지자면 시리즈 제3탄인 『오키테가미 쿄코의 도전장』과 시리즈 제5탄인 『오키테가미 쿄코의 사직서』에 이은 '쿄코 씨와 형사님' 패턴입니다. '쿄코 씨와 야쿠스케 군' 패턴과는 또 다른 맛입니다. 세세히 따지면 '쿄코 씨와 남자 형사님'과 '쿄코 씨와 여자 형사님'으로 분류할 수 있지만, 너무 세세히 따지면 오히려 복잡해지므로 역시 한 권씩, 별개의 작품으로 읽어 주셨으면 합니다. 그렇기 때문에 망각 탐정이라는 느낌으로, 『오키테가미 쿄코의 가계부』였습니다.

　내용은 제각각인 시리즈지만 표지는 계속 쿄코 씨인데, 일곱 권을 늘어놓으니 압권이네요. VOFAN 씨, 감사합니다. 더불어 다음 작품인 시리즈 제8탄은 『오키테가미 쿄코의 여행기』가 되겠습니다. 잘 부탁합니다.

니시오 이신

저자 **니시오 이신**

1981년 출생. 『잘린머리 사이클』로 제23회 메피스토상을 수상하며 2002년 데뷔했다. 『잘린머리 사이클』로 시작되는 〈헛소리 시리즈〉, 처음으로 애니메이션화된 작품인 『괴물 이야기』로 시작되는 〈이야기 시리즈〉 등, 작품 다수.

일러스트 **VOFAN**

1980년 출생. 대만 거주. 대표작으로는 시(詩) 화집 『Colorful Dreams』 시리즈가 있다. 2006년부터 〈이야기 시리즈〉의 표지, 캐릭터 디자인을 담당.

오키테가미 쿄코의 가계부

2021년 5월 10일 초판 발행

저자	니시오 이신
일러스트	VOFAN
옮긴이	정혜원

발행인	정동훈
편집인	여영아
편집 팀장	황정아
편집	노혜림

발행처	(주)학산문화사
등록	1995년 7월 1일
등록번호	제3-632호
주소	서울특별시 동작구 상도로 282 학산빌딩
편집부	02-828-8838
영업부	02-828-8986

ISBN 979-11-348-8089-7 03830

값 12,000원